Frau Wiggs vom Cabbage Patch

Alice Caldwell Hegan Rice

Writat

Diese Ausgabe erschien im Jahr 2024

ISBN: 9789359941127

Herausgegeben von
Writat
E-Mail: info@writat.com

Inhalt

KAPITEL I
FRAU WIGGS' PHILOSOPHIE

„Im Schlamm und Abschaum der Dinge
singt immer etwas!"

„Mein Gott, aber heute Morgen ist es schön kalt! Das Thermometer ist auf Null gefallen!"

Mrs. Wiggs machte diese Aussage so fröhlich, als ob ihre Ellbogen nicht durch den Jungenmantel, den sie trug, hervorragten oder ihre Zähne in ihrem Kopf klapperten wie ein Paar Kastagnetten. Aber andererseits war Mrs. Wiggs eine Philosophin, und der Sinn und Zweck ihrer Philosophie bestand darin, den Staub von ihren rosafarbenen Brillen fernzuhalten. Als Mr. Wiggs auf dem Alkoholweg in die Ewigkeit reiste, begrub sie seine Fehler mit ihm, und aus Mangel an besseren Tugenden, die er preisen konnte, legte sie stets Wert auf die feine Handschrift, die er schrieb. So war es auch, als ihr kleines Landhaus brannte und sie in die Stadt musste, um Arbeit zu suchen; Ihr einziger Kommentar war: „Gott sei Dank, es war das Schwein anstelle des Babys, das verbrannt wurde!"

Also befestigte sie an diesem trostlosen Dezembermorgen die Bettwäsche um die Kinder und ließ sie nahe am Ofen sitzen, während sie braunes Papier über die zerbrochene Fensterscheibe klebte und muntere Bemerkungen über den Wetterumschwung machte.

Die Wiggses lebten im Cabbage Patch. Es war kein richtiges Kohlfeld, sondern ein seltsames Viertel, in dem baufällige Hütten über den Eisenbahnschienen Himmel und Hölle spielten. Da es keine Straßen gab, richtete sich der Eigentümer beim Bau eines neuen Hauses nach eigenem Gutdünken. Mr. Bagbys Lebensmittelladen entsprach zwar den Konventionen und bildete eine solide Front gegenüber der Eisenbahnschiene, aber Miss Hazys Cottage scheute seitlich in den Hof der Wiggses zurück, als hätte es Angst vor den großen Güterzügen, die donnerten so oft am Tag vorbei; und Mrs. Schultz' Wohnzimmer blickte direkt auf die Küche der Eichorns. Letzteres war jedoch kein schlechtes Arrangement, denn Frau Schultz war seit zehn Jahren ans Bett gefesselt und ihr einziges Lebensinteresse bestand darin, zu beobachten, was in der Familie ihres Nachbarn geschah.

Das Haus der Wiggs war das imposanteste in der Nachbarschaft. Das lag vermutlich daran, dass es zwei Vordertüren und ein Blechdach hatte. Eine Tür war zugenagelt, die andere öffnete sich nach draußen, aber von der Straße aus würde man es nie erraten. Als das Landhaus brannte, war eine Tür gerettet worden. Also brachten Mrs. Wiggs und die Jungs es in das neue Zuhause und platzierten es geschickt am vorderen Ende der Seitenveranda. Aber das Dach gab dem Haus sein Hauptmerkmal ; Es war das einzige Blechdach im Cabbage Patch. Jim und Billy hatten es aus alten Dosen gemacht, die sie auf dem Gelände gesammelt hatten.

Jim war fünfzehn und Familienoberhaupt; Seine Schultern waren die eines Mannes und von der Arbeit gebeugt, aber sein Körper schrumpfte zu einem Paar dünner Beine zusammen, die nicht in der Lage zu sein schienen, die ihnen auferlegte Last zu tragen. In seinen besorgten Augen lag der Ausdruck eines Ernährers, der den Kampf zu früh begonnen hatte. Das Leben war für Jim eine Tragödie gewesen: die Tragödie, die entsteht, wenn die sensible Seele eines Kindes gezwungen ist, die Pflichten des Mannesalters zu erfüllen, ihm aber die Weisheit fehlt, die nur Erfahrung bringen kann.

Billy Wiggs war anders konstituiert; Verantwortung lastete ebenso leicht auf ihm wie die Sommersprossen auf seiner Nase. Wenn es die Gelegenheit oder seine Mutter erforderten, arbeitete er mit einer Hartnäckigkeit, die für seinen zukünftigen Erfolg spricht, für gute Zwecke, aber die meiste Zeit spielte und kämpfte er und geriet mit der Begabung, die für einen durchschnittlichen kleinen Jungen charakteristisch ist, in Schwierigkeiten.

Mrs. Wiggs prahlte damit, dass ihre drei kleinen Mädchen geographische Namen hätten; Zuerst kam Asien, dann Australien. Als das letzte Baby zur Welt kam, hatte Billy auf das kleine Bündel geschaut und besorgt gefragt: „Wirst du es einem Jungen oder einem Mädchen schenken, Ma?" Mrs. Wiggs hatte geantwortet: „Ein Mädchen, Billy, und ihr Name ist Europena!"

An diesem besonderen Sonntagmorgen huschte Mrs. Wiggs in ungewöhnlicher Eile in der Küche umher.

„Ich werde euch allen eine schöne irische Pertater-Suppe zum Abendessen machen", sagte sie, als sie aus dem Wohnzimmer kam, wo sie ihre Kartoffeln und Zwiebeln aufbewahrte. „Die Jungs werden bald da sein, und wir müssen uns beeilen und durchkommen, bevor die Kinder in die Sonntagsschule kommen."

Der Sonntagnachmittag war viele Jahre lang eine anstrengende Zeit in der Nachbarschaft gewesen, deshalb hatte Frau Wiggs eine Sonntagsschulklasse organisiert, die sie leitete.

„Wenn es nicht kommt, kommen Chris und Pete bereit!" sagte Asia von ihrem Posten am Herd aus; „Ich wette, sie haben zu Abend gegessen und sind früh gekommen, um sich etwas von uns zu holen!"

„Warum, Asien!" rief Mrs. Wiggs, „das ist nicht gastfreundlich, und Chris mit einem Bein auch noch! Das ist überhaupt kein Problem. Ich muss nur noch etwas Wasser in die Suppe geben, und …" „Ich und Jim nehmen nur ein Stück Brot."

Als Jim und Billy hereinkamen, waren ihre Plätze am Tisch besetzt, also setzten sie sich auf den Boden und tranken ihre Suppe aus Teetassen.

„Mensch!" sagte Billy nach der dritten Portion: „Ich habe so viel getrunken, dass ich es plätschern hören kann, wenn ich ein Stück Brot schlucke!"

„Also, Jungs, steht jetzt auf und geht raus und bringt mir ein paar Bretter, die ich über die Jubelsäule legen kann, damit die Kinder sich darauf setzen können."

Um zwei Uhr hatte die Sonntagsschule begonnen; jeder freie Platz in der Küche war besetzt. Die Jungen saßen an den Fenstern und am Tisch, und die Mädchen drängten sich zusammen auf den improvisierten Bänken. Mrs. Wiggs stand mit einem zerfledderten Gesangbuch in der Hand vor ihnen.

„Jetzt müsst ihr alle ruhig sein, also können wir alle ein Kirchenlied singen. Ich werde es noch einmal durchlesen, und dann singen wir es alle zusammen.

„Wenn Sie auf den Stürmen des Lebens ertappt werden,
wenn Sie entmutigt sind und denken, alles sei verloren, dann zählen Sie
Ihre vielen Segnungen, nennen Sie sie eine nach der anderen, und Sie
werden überrascht sein, was der Herr für Sie getan hat!"

Klar und kräftig erklangen die Kinderstimmen in verschiedenen Tonarten und unabhängig von der Zeit, aber mit einer echten Begeisterung, die an sich schon ein Segen war. Nachdem sie die drei Strophen durchgesungen hatten, begann Frau Wiggs mit der Lektion.

„Was haben wir letzten Sonntag gelernt?" Sie fragte.

Keine Reaktion, außer einem unterdrückten Kichern von zwei der kleinen Mädchen.

„Erinnert ihr euch nicht alle daran, was der Herr Moses auf dem Berg gegeben hat?"

Eine Hand hob sich in der Ecke und eine eifrige Stimme rief:

„Ja, ich weiß! Herr, gib Moses zehn Größere, und er hat sie niedergeschlagen."

Bevor Mrs. Wiggs sich über diese neue Version der heiligen Geschichte streiten konnte, wurde sie mit einem Papierknäuel ins Auge geschlagen. Es war auf Billy gerichtet, doch als er auswich, wurde sie zum Opfer. Dies verursachte eine gewisse Verzögerung, denn sie musste das verletzte Glied baden, und in der Pause kam es in der Sonntagsschule zu Aufruhr.

„Mith Wiggs, bring Tommy dazu, Terbaccer-Saft in meinen Hut zu schütten!“

„Miss Wiggs, ich weiß, wer Sie geschlagen hat!“

„Lehrer, kann ich etwas trinken?“

Erst als Mrs. Wiggs mit einem Strumpf über dem Auge aus dem Schlafzimmer kam und erneut das Kommando übernahm, wurde die Ordnung wiederhergestellt.

„Wo ist Bethlehem?“ Sie begann und las aus einem alten Unterrichtspapier.

„Ihr solltet mich durchsuchen!“ antwortete prompt Chris.

Sie ignorierte seine Bemerkung und ging zum nächsten über, der halb zweifelnd sagte:

„Ist es nicht in Alabama?“

„Nein, es ist im Heiligen Land“, sagte sie.

Im hinteren Teil des Raumes entstand plötzlich Aufregung. Durch eine Reihe geschickter Manöver war es Billy gelungen, den Stuhl zu entfernen, auf dem eines der Bretter stand, und eine Kaskade kleiner, empörter Mädchen rutschte seitwärts den Abhang hinunter. Ein Kampf stand unmittelbar bevor, aber bevor es zu weiteren Schwierigkeiten kam, sperrte Mrs. Wiggs Billy im Schlafzimmer ein und wurde Herrin der Situation.

„Ich denke, dass ihr Kinder ein Gespräch über Aufregung und Kämpfen braucht. Es hat keinen Zweck, wenn ich ihnen beibringe, was sie vor tausend Jahren getan haben, wenn ihr nicht genug Manieren habt, um zuzuhören, was ich bin.“ Ich erinnere mich an eine Zeit während des Krieges, als die Soldaten um das Lager herumlagen und versuchten, nicht zu erfrieren, als ein Prediger kam, um einen Gottesdienst abzuhalten Bis zum Predigen sagt er: „Freunde“, sagt er, „mein Text“ ist Chillblains. Es nützt nichts, Männern Religion zu predigen, deren ganze Gedanken auf den Beinen sind. Seifen Sie es ein und gießen Sie es in Ihre Schuhe, und lassen Sie die Schuhe an, bis Ihre Füße gesund sind, und wenn ich das nächste Mal wiederkomme, werden Sie besser darauf vorbereitet sein, das Wort des Herrn zu empfangen. Nun, das ist die Art und Weise, wie ich mit dieser Sonntagsschule hier umgehe. Zunächst einmal werde ich dir alle Manieren beibringen, die ich dir wegnehmen möchte, und das heißt, es ist sündhaft Mama hat immer gesagt, Leben sei wie Quilten – man solle den Frieden wahren und mit den Fetzen klarkommen.

„Mach dir keine Sorgen!“, kam die prompte Antwort.

„Das stimmt, jetzt singen wir ‚Pull fer the shore‘.“

Als die Fenster aufhörten, durch die Vibrationen des lustvollen Refrains zu klappern, hob Mrs. Wiggs ihre Hände und forderte sie auf, zu schweigen.

„O Herr!", betete sie inständig, „hilf diesen Kindern hier, gut und freundlich zueinander zu sein und zu ihrer Mutter und ihrem Vater. Mach sie dankbar für alles, was sie haben, auch wenn es nicht viel ist. Zeig uns allen, wie wir so leben können, wie du es von uns erwartest, und preise Gott, von dem alle Segnungen kommen. Amen."

Als der letzte Junge aus dem Hof huschte, drehte sich Mrs. Wiggs zum Fenster, wo Jim stand. Er hatte nicht am Singen teilgenommen und war still und in Gedanken versunken. „Jim", sagte seine Mutter und versuchte, ihm ins Gesicht zu sehen, „du hattest nie deinen Mantel an, wenn du nach Hause kamst. Du bist doch nicht hingegangen und hast ihn verkauft?"

„Ja", sagte der Junge schwermütig, „aber es reicht nicht für die Miete. Ich muss es mir anders überlegen."

Mrs. Wiggs legte ihren Arm um seine Schulter und gemeinsam blickten sie über die trostlose Grünfläche.

„Mach dir keine Sorgen, Jimmy", sagte sie. „Vielleicht bekomme ich morgen Arbeit, oder du bekommst eine Gehaltserhöhung oder so was. Irgendwie wird es schon gehen."

Sie hatte keine Ahnung, wohin der Weg führen würde.

KAPITEL II
MITTEL UND WEGE

„Ah! Wohl mögen die Kinder vor dir weinen!
Sie sind müde, bevor sie rennen; sie haben nie den Sonnenschein gesehen,
noch die Herrlichkeit, die heller ist als die Sonne."

DIE Kältewelle, die an diesem Dezembermorgen einläutete, war der Beginn einer langen Reihe von Tagen, die miteinander wetteiferten, wer den Quecksilbergehalt am niedrigsten senken könnte. Der Temperaturabfall schien eine ähnliche Wirkung auf das Kartoffelfass und die Kohlenladung im Wohnzimmer der Wiggs zu haben.

Mrs. Wiggs' unermüdliche Bemühungen, eine Anstellung zu finden, hatten keinen Erfolg gehabt, und Jims Anstrengungen wurden verdoppelt; Sein dürftiges Einkommen reichte von Tag zu Tag nicht mehr aus, um den Bedarf der Familie zu decken.

Am Heiligabend saßen sie, nachdem die Kleinen zu Bett gegangen waren, am Herd und besprachen die Situation. Der Wind schleuderte in wilder Wut gegen das Haus, schüttelte die Eiszapfen vom Fenstersims und zischte durch die geflickten Scheiben. Der Schnee, der durch den losen Fensterrahmen gesickert war, lag ungeschmolzen auf dem Fensterbrett. Jim hatte ein Stück alten Teppich um sich und hustete bei fast jedem Atemzug. Mrs. Wiggs' Kopf lag in ihren Händen, und die Tränen, die durch ihre gekrümmten Finger liefen, zischten, als sie auf den Herd fielen. Es war das erste Mal, dass Jim sie aufgeben sah.

„Scheint, als müssten wir um Hilfe bitten, Jim", sagte sie. „Ich kann bei Mr. Bagby's keine Kreditwürdigkeit beantragen. Es scheint, als hätte ich nie den Mut, eine Schuld zurückzuzahlen. Was denken Sie? Ich schätze – es sieht so aus, als müssten wir uns bei der Organisation bewerben. "

Jims Augen blitzten. „Noch nicht, Mama!" sagte er fest. „Bei uns war es wie bei den Hornbys; sie hatten nichts zu essen, und sie gingen zur Organisation, und der Mann fragte sie, ob sie ein Bett oder einen Tisch hätten, und als sie sagten: Ja, er sagte: „Warum verkaufst du sie nicht?" Nein, Mama! Solange wir Kohle haben, werde ich die Kleinigkeiten irgendwie wegbringen!" Er musste innehalten, denn ein heftiger Hustenanfall erschütterte ihn von Kopf bis Fuß. „Ich glaube, ich kann nächste Woche einen Nachtjob bekommen. Einer der Marktleute kommt jeden Abend vom Land, um am nächsten Morgen früh aufzubrechen, und er fragt mich, ob ich von drei bis sechs in seinem Wagen schlafen würde Und verhindern, dass ihm das Gemüse gestohlen wird. Das wird mir Zeit geben, nach Hause zu kommen und zu frühstücken, damit ich um sieben wieder bei der Sache bin.

„Aber, Jimmy-Junge", rief seine Mutter mit vor Angst zitternder Stimme, „du könntest es weder Tag noch Nacht aushalten! Nein, ich werde auf den Wagen aufpassen; ich werde –"

Ein Klopfen an der Salontür unterbrach sie. Sie trocknete hastig ihre Augen und strich ihr Haar glatt. Jim ging zur Tür.

„Ich habe einen Weihnachtskorb für dich!" rief eine fröhliche Stimme.

„Ist das Weihnachten?" fragte Jim dumpf.

Das Mädchen in der Tür lachte. Sie war groß und schlank, aber Jim konnte zwischen der Hutkrempe und ihrem hohen Pelzkragen nur ein Paar funkelnde Augen sehen. Es war jedoch schön, sie lachen zu hören; es ließ die Dinge irgendwie wärmer erscheinen. Der Farbige hinter ihr stellte einen großen Korb auf die Türschwelle.

„Es ist von der Kirche", erklärte sie; „Eine Menge von uns ist draußen im Omnibus und verteilt Körbe."

„Nun, wie bist du jemals hierher gekommen?" rief Mrs. Wiggs, die zur Tür gekommen war.

„Es gibt einen für jede Missionsschulfamilie; nur ein kleiner Weihnachtsgruß, wissen Sie."

Die Stimmung von Frau Wiggs besserte sich von Minute zu Minute. „Nun, das ist auf jeden Fall freundlich und nachdenklich", sagte sie. „Willst du nicht –" sie zögerte; Das Zimmer, das sie gerade verlassen hatte, war nicht in dem Zustand, Gäste zu empfangen, aber Mrs. Wiggs war eine Kentuckianerin. „Kommen Sie warm rein", sagte sie herzlich; „Der Ofen ist etwas leiser geworden, aber du könntest ihn auftauen lassen."

„Nein, danke, ich kann nicht reinkommen", sagte die junge Dame mit einem Seitenblick auf Jim, der an der Tür lehnte. „Hast du genug Kohle?" fragte sie leise.

„Oh ja, danke", sagte Mrs. Wiggs und lächelte beruhigend. Ohne Jims warnenden Blick wäre ihr Ton vielleicht weniger zuversichtlich gewesen. Jede Faser seiner sensiblen Natur schreckte davor zurück, um Hilfe zu bitten.

Das Mädchen war verwirrt; Sie bemerkte den Stempel der Armut auf allem, was sie sah, außer dem strahlenden Gesicht der kleinen Frau vor ihr.

„Nun", sagte sie zweifelnd, „wenn Sie mich jemals besuchen möchten, fragen Sie nach Miss Lucy Olcott im Terrace Park. Gute Nacht und frohe Weihnachten!"

Sie war weg und die Tür wirkte dadurch sehr schwarz und einsam. Aber da war der große Korb, der bewies, dass sie nicht nur eine Erscheinung war, und Jim und seine Mutter brauchten ihn, um ihn hineinzutragen. Sie setzten sich auf den Boden und packten ihn aus. Es gab Gemüse, Haferflocken, Obst und sogar Tee und Kaffee. Aber die Überraschung war ganz unten! Ein großer Truthahn, der mit seinen in seinem Körper steckenden Beinen so komisch aussah, dass Jim schallend lachte.

„Es ist der erste Truthahn, der seit vielen Tagen in diesem Haus ist!" sagte Mrs. Wiggs erfreut, als sie das fette Geflügel zwickte. „Ich gehe davon aus, dass Europena sich davon abwenden wird, es ist so groß. Meine Güte, aber wir werden morgen gut zu Abend essen! Ich werde Miss Hazy und Chris einladen, vorbeizukommen und den Tag zu verbringen, und ich." Ich bringe einen Teller zu Mrs. Schultz und bringe der alten Mrs. Lawson ein wenig von diesem Tee mit.

Für Mrs. Wiggs hatte sich die Wolke nach außen gekehrt, und nur der Silberstreif war sichtbar. Jim rechnete auf dem braunen Papier, das über dem Korb lag, eine Rechnung aus, dann blickte er auf und sagte langsam:

„Ma, ich schätze, wir können den Truthahn dieses Jahr nicht haben. Ich verkaufe ihn für fünfundsiebzig Dollar, und damit könnten wir für eine ganze Weile Schweinefleisch kaufen."

Mrs. Wiggs' Gesicht senkte sich, und sie drehte schweigend ihre Schürzenschnur. Sie hatte sich die Freude eines echten Weihnachtsessens vorgestellt, das erste, das die jüngsten Kinder je erlebt hatten; Sie hatte bereits an ein halbes Dutzend Nachbarn gedacht, denen sie „einen kleinen Snack" schicken wollte. Aber ein Blick in Jims besorgtes Gesicht erinnerte sie an ihre Umstände.

„Natürlich verkaufen wir es", sagte sie fröhlich. „Du hast den längsten Kopf für einen Jungen! Wir werden ihn morgen früh verkaufen, und zum Abendessen Wurst kaufen, und ich werde ein paar dieser tollen Gemüsesorten kochen und eine Orange und ein paar Süßigkeiten dazulegen." „Jeder Teller, und die Kinder werden nie etwas davon erfahren", fügte sie hinzu, „wenn man kein Truthahnfleisch isst, weiß man nicht, wie gut es ist."

Aber trotz ihrer Philosophie schlüpfte sie, nachdem Jim zu Bett gegangen war, hinüber und warf einen weiteren Blick auf den Truthahn.

„Ich glaube, es würde mir nicht so viel ausmachen", sagte sie wehmütig, „wenn sie nicht auch die Preiselbeeren geschickt hätten!"

Zehn Tage lang reichte der Korb mit Lebensmitteln und das zusätzliche Geld, das Jim durch Nachtarbeit und Mrs. Wiggs' Wäsche verdiente, aus, um den Bedarf der Familie zu decken; Ende Januar jedoch zogen sich dickere Wolken zusammen als zuvor.

Mrs. Wiggs war eines Abends schwer ums Herz, als sie nach einem harten Arbeitstag durch den Schnee nach Hause stapfte. Die Miete war fällig, die Kohle war alle und nur ein paar Kartoffeln waren noch im Fass. Aber das waren nur Schattenprobleme im Vergleich zu Jims Krankheit; er war an diesem Morgen zu krank gewesen, um in die Fabrik zu gehen, und sie wagte nicht darüber nachzudenken, welche Veränderungen der Tag gebracht haben könnte. Als sie den Riegel ihrer wackeligen Tür hob, wurde sie vom Schluchzen eines Kindes begrüßt; es war die kleine Europena, die nach Essen schrie. Drei Tage lang hatte es kein Brot im Haus gegeben, und ein spärlicher Vorrat an Kartoffeln und Bohnen war ihre einzige Nahrung gewesen.

Mrs. Wiggs eilte zu Jim, der auf einem Feldbett in der Ecke lag; seine Wangen waren gerötet und seine dünnen, nervösen Finger zupften an dem alten Schal, der ihn bedeckte.

„Jim", sagte sie, kniete sich neben ihn und drückte seine heiße Hand an ihre Wange, „Jim, Liebling, lass mich zum Arzt gehen. Du bist schlimmer, als du heute Morgen warst, und – und – ich bin so versunken!" Ihre Stimme brach in ein Schluchzen über.

Jim versuchte, seinen Arm um sie zu legen, aber als er sich bewegte, tat ihm etwas in der Brust weh, also tätschelte er stattdessen ihre Hand.

„Macht nichts, Ma", sagte er, sein Atem stockte; „Wir haben kein Geld, um die Medizin zu kaufen, selbst wenn der Arzt käme. Geht jetzt jetzt etwas zu Abend essen; und, Mama, mach dir keine Sorgen, ich werde euch alle verarschen!" „Nur – nur", fügte er müde hinzu, „ich glaube, ich kann heute Nacht nicht im Wagen schlafen."

Langsam vergingen die Stunden bis Mitternacht. Mrs. Wiggs hatte Jims Feldbett nahe an den Herd gezogen und energische Maßnahmen ergriffen, um ihn zu entlasten. Ihre Bemühungen waren unaufhörlich, und eine nach der anderen wurden die heimeligen Landheilmittel treu verabreicht. Um zwölf Uhr wurde er unruhig.

„Mir scheint heiß zu sein, dann ist mir wieder kalt", sagte er mit Schwierigkeiten beim Sprechen. „Könntest du noch etwas finden, das du mir anziehen kannst, Ma?"

Mrs. Wiggs stand auf und ging zum Bett. Die drei kleinen Mädchen lagen zusammengekauert unter einer alten Steppdecke, ihre Gesichter waren blass und eingefallen. Sie wandte sich abrupt ab und schaute in die Ecke, wo Billy auf einer Pritsche schlief. Die Decken auf seinem Bett reichten selbst für ihn nicht aus. Sie schlug die Hände vors Gesicht und einen Moment lang erschütterten sie trockene Schluchzer. Die schwerste Trauer ist oft die, die keine Spuren hinterlässt. Als sie zurück zum Herd ging, hatte sie ein Lächeln für den kranken Jungen parat.

„Hier ist genau das Richtige", sagte sie; „Das ist mein Rock. Ich brauche ihn nicht im Geringsten, wenn ich hier so nah am Feuer sitze. Sehen Sie, wie schön er sich rundum einfügt!"

Eine Weile lag er still, dann sagte er: „Ma, bist du wach?"

„Ja, Jim."

„Nun, ich werde darüber nachdenken. Wenn es mir morgen früh nicht besser geht, schätze ich –" die Worte kamen widerstrebend – „gehst du wohl besser zur Weihnachtsfrau. Es würde mir nichts ausmachen, wenn sie so viel weiß." . Es wird nicht mehr lange dauern, denn ich werde euch alle bald verarschen – bald werde ich aufstehen."

Das Reden verursachte heftigen Hustenanfall und er sank erschöpft zurück.

„Kannst du nicht schlafen gehen, Schatz?" fragte seine Mutter.

„Nein, es sind die alten Räder", sagte er gereizt, „die Räder in der Fabrik; wenn ich schlafen gehe, wecken sie mich dauernd auf."

Mrs. Wiggs Hände waren rau und knotig, aber die Liebe lehrte sie, sanft zu sein, während sie seinen heißen Kopf glättete.

„Soll ich dir etwas über das Land erzählen, Jim?", fragte sie.

Schon als kleiner Junge hatte er gern von ihrem alten Zuhause im Tal gehört. Seine vage Erinnerung an all das prägte seine einzige Vorstellung vom Himmel.

„Ja, Mama, vielleicht bringt es mich zum Ausrasten", sagte er.

„Nun", begann sie und legte ihren Kopf neben seinen auf das Kissen, so dass er ihr Gesicht nicht sehen konnte, „es war alles wie ein großer Vorgarten ohne Zäune, und die Blumen gehörten nicht den Leuten wie drüben auf der Avenue, wo man sich keine aussuchen konnte; sondern sie gehörten Gott, und man konnte sich so viel nehmen, wie man wollte. Und es gab Bäume, Jim, auf die man klettern und große rote Äpfel holen konnte, und wenn der Frost kam, waren es Kakis, die einem auf der Zunge zergingen. Und man konnte weit über die Wiesen blicken und die Bäume im Sonnenschein wehen sehen, und über einem sangen die Vögel, als würden sie nie aufhören. Und dein Vater und ich nahmen dich zur Erntezeit mit nach draußen, und ihr spieltet auf den Heuhaufen. Ich kann mich noch genau daran erinnern, wie du ausgesehen hast, Jim – ein dicker kleiner Junge, mit roten Wangen und ständigem Lachen."

Mehr konnte Mrs. Wiggs nicht sagen, denn die alten Erinnerungen waren zu viel für sie. Jim wusste kaum, wann sie aufhörte; Seine Augen waren halb geschlossen und eine süße Schläfrigkeit überkam ihn.

„Es ist schön warm im Sonnenschein", murmelte er; „Die Wiesen und Bäume – sie lachen die ganze Zeit! Vögel singen, singen, singen."

Dann begann auch Jim zu singen, leise und eintönig, und der Kummer, der nicht mit den Jahren gekommen war, verließ sein müdes Gesicht, und er driftete furchtlos in das Schattental ab, wo seine verlorene Kindheit lag.

KAPITEL III
DIE „WEIHNACHTSDAME"

„Der rosige Glanz des Sommers
liegt auf deiner Grübchenwange, während in deinem Herzen der Winter
kalt und trostlos liegt.

„Aber das wird sich später ändern,
wenn die Jahre ihren Teil getan haben und der Winter auf deiner Wange ist
und der Sommer in deinem Herzen."

Am späten Nachmittag standen ein Mann und ein Mädchen in der Empfangshalle von Olcott. Die Lampen waren noch nicht angezündet, aber der Schein des hinteren Baumstamms warf einen gemütlichen Schein der Behaglichkeit über die purpurroten Vorhänge und auf die Masse der bunten Kissen auf der Fensterbank.

Robert Redding, der mit seinem Hut in der Hand dasteht, wäre längst verschwunden, wenn die „Christmas Lady" nicht ihr violettes Kleid getragen hätte. Er sagte, er habe immer eine halbe Stunde gebraucht, um sich zu verabschieden, wenn sie eine Rose im Haar trug, und eine ganze Stunde, wenn sie das violette Kleid trug.

„Bei Gott, bleib einen Moment da, so wie du bist! Das Feuerlicht, das durch dein Haar scheint, lässt dich wie eine Heilige aussehen. Kleine Heilige Lucinda!" sagte er neckend, als er versuchte, ihre Hand zu fangen. Sie legte es zur sicheren Aufbewahrung zurück.

„Überhaupt kein Heiliger?" er fuhr in gespielter Überraschung fort; „Dann ein Eisberg – ein schöner, richtiger kleiner Eisberg."

Lucy Olcott sah für einen Moment schweigend zu ihm auf; Er war sehr groß und gerade, und sein Gesicht hatte trotz des festen, eckigen Kiefers noch viel von seiner Knabenhaftigkeit.

„Robert", sagte sie plötzlich ernst, „ich wünschte, du würdest etwas für mich tun."

„In Ordnung, was ist das?" er hat gefragt.

Sie legte schüchtern ihre Hand auf seine und blickte ernst zu ihm auf.

„Es geht um Dick Harris", sagte sie. „Ich wünschte, du wärst nicht so oft mit ihm zusammen."

Reddings Gesicht verfinsterte sich. „Du hast keine Angst, mir zu vertrauen?" er hat gefragt.

„Oh nein, das ist es nicht", sagte sie hastig; „Aber, Robert, es bringt die Leute dazu, so falsche Dinge über dich zu denken. Ich kann es nicht ertragen, dass du falsch eingeschätzt wirst."

Redding legte seinen Arm um sie, und gemeinsam standen sie da und blickten in die glühende Glut.

„Erzähl mir davon, kleines Mädchen. Was hast du gehört?" er hat gefragt.

Sie zögerte. „Es stimmte nicht, was sie sagten. Ich wusste, dass es nicht stimmte, aber sie hatten kein Recht, es zu sagen."

„Nun, lass es uns trotzdem hören. Was war es?"

„Gestern Abend waren einige Leute aus New Orleans hier. Sie fragten, ob ich dich kenne – und sagten, sie hätten dich und Dick in dem Jahr gekannt, in dem du dort verbracht hast."

"Also?" sagte Redding.

Lucy fiel es offenbar schwer, weiterzumachen. „Sie haben damals einige schreckliche Dinge gesagt, nur weil du Dicks Freund warst."

„Was waren das, Lucy?"

„Sie sagten mir, dass ihr beide so wild wart, wie es nur sein konnte; dass euer Ruf nicht besser sei als seiner; dass – verzeiht mir, Robert, dass ich es auch nur wiederholt habe. Es hat mich sehr wütend gemacht, und ich habe ihnen gesagt, dass es nicht wahr ist ..." kein Wort davon; dass es alles Dicks Schuld war, dass er –"

„Lucy", unterbrach Redding energisch, „warte, bis du mich hörst! Ich habe dich nie über irgendetwas angelogen, und ich werde mich auch jetzt nicht dazu herablassen. Vor vier Jahren, als diese Leute mich kannten, war ich genau das, was sie sagten." . Dick Harris und ich gingen direkt nach dem College nach New Orleans. Keiner von uns hatte ein Zuhause oder Leute, die sich um uns kümmerten, also machten wir uns auf den Weg, um eine schöne Zeit zu verbringen , und kam hierher. Armer Dick, er machte weiter."

Bei seinen ersten Worten war die Farbe aus Lucys Gesicht verschwunden, und sie war auf die gegenüberliegende Seite des Feuers geschlüpft und stand da und beobachtete ihn mit entsetzten Augen.

„Aber du warst nie wie Dick!" sie protestierte.

„Ja", fuhr er leidenschaftlich fort, „und ohne Gottes Hilfe wäre ich immer noch so wie er. Es war eine schreckliche Anziehungskraft, und der Himmel weiß, wie sehr ich gekämpft habe. Ich habe den Nutzen des Ganzen nie ganz erkannt, bis ich euch sechs kennengelernt habe." Vor Monaten wurde mir klar, dass mir die letzten vier Jahre die Möglichkeit gegeben hatten, einen Mann aus mir zu machen.

Als er zu Ende gesprochen hatte, sah er zum ersten Mal, dass Lucy weinte. Er sprang nach vorne, aber sie wich zurück. „Nein, nein, fass mich nicht an! Ich bin so furchtbar enttäuscht und verletzt und – fassungslos.“

„Aber du liebst mich bestimmt nicht weniger, weil ich diese Dinge in der Vergangenheit überwunden habe?“

„Ich weiß es nicht, ich weiß es nicht“, sagte sie schluchzend. „Ich habe dich geehrt und idealisiert, Robert. Ich kann mir nie vorstellen, dass du anders bist als jetzt.“

„Aber warum solltest du?“ er flehte. „Es war nur ein Jahr meines Lebens; zwar zu viel, aber ich habe es mit aller Kraft gesühnt.“

Die Intensität und Ernsthaftigkeit seiner Stimme begann sie zu beeinflussen. Sie war sehr jung und hatte die strengen, kompromisslosen Maßstäbe der Mädchenzeit; Das Leben war für sie schwarz oder weiß, und die Zeit hatte die Leinwand noch nicht mit den unzähligen Grautönen gefüllt, die ineinander übergingen, bis alle Linien ausgelöscht waren und nur der Meisterkünstler die Grenzen kennt.

Sie blickte unter Tränen auf. „Ich werde versuchen, dir zu vergeben“, sagte sie zitternd; „Aber Sie müssen versprechen, Ihre Freundschaft für Dick Harris aufzugeben.“

Redding runzelte die Stirn und biss sich auf die Lippe. "Das ist nicht fair!" er sagte. „Du weißt, dass Dick mein Kumpel ist; dass er nicht den geringsten Einfluss auf mich hat; dass ich so ziemlich der Einzige bin, der ihm zur Seite steht.“

„Ich habe keine Angst vor seinem Einfluss, aber ich möchte nicht, dass die Leute euch zusammen sehen; es bringt sie dazu, Dinge zu sagen.“

„Aber, Lucy, du willst nicht, dass ich es ihm heimgebe? Dick hat ein großes Herz; er versucht, sich zusammenzureißen –“

„Oh, Unsinn!“ rief Lucy ungeduldig. Das Feuer in ihren Augen hatte die Tränen getrocknet. „Er könnte sich aufrichten, wenn er wollte. Er trinkt und spielt gerne, also tut er es, und du hältst ihn durch deine Freundschaft im Zaum. Zögerst du zwischen uns?“ sie forderte wütend.

Reddings Gesicht war getrübt und er sprach langsam: „Das würdest du nicht von mir verlangen, Lucy, wenn du es verstanden hättest. Dick und ich sind Freunde, seit wir Jungen waren. Er kam vor drei Monaten krank und elend nach Kentucky. Eins Am nächsten Tag kam er ins Büro und sagte: „Bob, du hast es gut überstanden; meinst du, es ist zu spät für einen Versuch?" Was hättest du gesagt?"

„Was du wahrscheinlich getan hast", antwortete Lucy; „Aber ich hätte von dieser einen Erfahrung profitiert, denn seitdem hat er kaum einen nüchternen Atemzug gemacht." Sie blickte aus dem Fenster auf die verschneite Landschaft, und in ihrem Gesicht war etwas von der leidenschaftslosen Reinheit der Szene zu erkennen, auf der ihr Blick ruhte.

„Sie irren sich", schrie er heftig. „Weil Sie ihn mehrere Male in diesem Zustand gesehen haben, haben Sie kein Recht, eine solche Schlussfolgerung zu ziehen. Er ist schwach, niemand bestreitet es; aber was können Sie über den Kampf wissen, den er führt, über seinen Eifer, es besser zu machen, über die …" Kampf, den er ständig mit sich selbst führt?"

Seine Worte stießen auf taube Ohren.

„Dann haben Sie sich für Mr. Harris entschieden?"

„Lucy, das ist Wahnsinn; es sieht dir überhaupt nicht ähnlich!"

Dem Mädchen war kalt vor Wut und Aufregung. „Es ist schlimm genug", sagte sie, „zu wissen, dass meine Verteidigung von dir letzte Nacht mehr als nutzlos war, aber dass du auf einer Freundschaft mit einem Mann beharrst, der in jeder Hinsicht unter dir steht, ist mehr als ich ertragen kann." " Sie ließ einen Ring von ihrem Finger gleiten und hielt ihn ihm entgegen. „Ich könnte niemals einen Mann heiraten, für den ich mich schäme."

Der Schuss ging ins Ziel; Auf Reddings Mund bildete sich ein weißer Strich, als er sich abwandte.

„Das würde ich nicht von Ihnen verlangen", sagte er mit schlichter Würde, als er die Tür öffnete.

„Bitte, Ma'am, gehört das Miss Olcott?" fragte eine zitternde Stimme auf der Piazza. Eine schäbige Frau stand da und blickte sie mit wilden Augen an; Ihr graues Haar hatte sich aus dem zerrissenen Schal gelöst, der über ihrem Kopf festgesteckt war, und lose Locken wehten ihr ins Gesicht.

Lucy erkannte sie nicht. „Ich werde gleich mit Ihnen sprechen", sagte sie.

Es folgte eine unangenehme Pause, in der jeder darauf wartete, dass der andere etwas sagte.

„Ich werde kommen, wenn Sie nach mir schicken", sagte Redding, ohne sie anzusehen, und er drehte sich abrupt um, schritt die Stufen hinunter und hinaus in die Dämmerung.

Lucy hielt den Atem an und machte sich auf den Weg, dann erinnerte sie sich an die Frau.

"Was ist es?" sie fragte lustlos.

Die Frau trat vor und streckte eine Hand aus, um sich gegen die Tür zu stützen. Ihr Gesicht war verzerrt und ihre Stimme klang keuchend.

„Sie sagten, ich solle kommen, wenn ich Sie brauche. Es ist Jimmy, Ma'am — er ist tot!"

Es kann sein, dass die Erfahrung von Leid einen besonders empfänglich für den Kummer anderer macht; Auf jeden Fall enthielt der Artikel, den Lucy Olcott an diesem Abend für die Zeitung schrieb, den einen Hauch von Natur, der die ganze Welt zu Verwandten macht. Sie hatte Tante Chloe, die alte farbige Dienerin, mitgenommen und war mit Mrs. Wiggs nach Hause gegangen, um die unmittelbare Not der Familie so weit wie möglich zu lindern. Dann war sie nach Hause gekommen und hatte ihre Geschichte niedergeschrieben, sie erzählte sie einfach, aber mit der leidenschaftlichen Ernsthaftigkeit einer Person, die zum ersten Mal mit Armut und Hunger in Berührung kam. Sie erzählte von dem mutigen Kampf des Jungen, von seinem unbezwingbaren Mut, von seiner endgültigen Niederlage und bat abschließend um jegliche Hilfe für die mittellose Familie.

Eine Woche später saß sie verwirrt an ihrem Schreibtisch. Ihr aus dem Impuls des Augenblicks heraus verfasster Artikel mit dem einzigen Gedanken, den Menschen Verständnis zu vermitteln, hatte seine Mission erfüllt. Sieben Tage lang hatte sie nichts anderes getan, als Fragen und Notizen zu beantworten und Spenden für die Familie Wiggs entgegenzunehmen. Geld kam aus dem ganzen Staat und aus allen Schichten der Gesellschaft. Eichenstine Bros. schickte fünfzig Dollar, und sechs zerlumpte Zeitungsjungen kamen, um dreißig Cent zu überreichen. Auf einer lavendelfarbenen Notiz mit großem Monogramm und weißer Tinte stand, dass einige der Mädchen der „Gay Burlesque Troupe" ein paar Cent an die Mutter des „Kindes" geschickt hatten. Die wenigen Groschen beliefen sich auf fünfzehn Dollar. Der Kutscher von Frau Van Larkin musste mit ihrem Brief warten, während Lucy die Fragen eines lahmen alten Negers beantwortete, der einen Vierteldollar mitgebracht hatte.

„Maria hat mir gesagt, was in der Bibel über Chile geschrieben steht", sagte er gerade. „Es tut mir wirklich leid, dass er weg ist. Ich habe nicht viel, aber ich habe Maria gesagt, dass wir auf etwas verzichten könnten, um ein Viertel zu verraten."

So ging es weiter. Alt und Jung, Reich und Arm zollten Jimmy Wiggs ihren großen Respekt.

Lucy zählte die lange Zahlenreihe nach. „Dreihundertfünfundsechzig Dollar!" sie rief aus; „Und Essen, Kleidung und Kohle genug für ein Jahr!"

Es war wie eine direkte Antwort auf ihr Gebet, und doch legte diese arme kleine Bittstellerin, anstatt gebührend gepriesen zu werden, ihren Kopf auf den Schreibtisch und weinte bitterlich. Nachdem nun die Bedürfnisse der Familie Wiggs erfüllt worden waren, beunruhigte ein weiterer Appell, still und kraftvoll, ihr Herz.

Redding war weder gekommen noch hatte er geschrieben, und ihr wurde allmählich klar, wie ernst ihr Missverständnis war.

KAPITEL IV
DIE ANNEXION VON CUBY

die den stärksten und sichersten Weg kennen, es zu bekommen, haben es wirklich verdient ."

Fast ein Jahr war vergangen im Cabbage Patch, und schon stand Weihnachten vor der Tür. Die Leere, die Jims Tod in Mrs. Wiggs' Herzen hinterlassen hatte, ließ sich nie ausfüllen, aber die Zeit begann ihren Kummer zu lindern, und die Notwendigkeit einer festen Anstellung hielt sie davon ab, über ihren Kummer zu grübeln.

Es war immer noch notwendig, strengste Sparsamkeit zu wahren, denn die Hälfte des Geldes, das sie bekommen hatten, wurde von Miss Olcott als Absicherung für den Fall der Fälle aufbewahrt. Mrs. Wiggs hatte so viel Wäsche gewaschen, wie sie konnte; Asia half im Haushalt und Billy erledigte Gelegenheitsarbeiten, wo immer er sie finden konnte.

Der direkte Weg zum Glück ließe sich Billys Vorstellungen zufolge jedoch am besten in einem Anzündwagen zurücklegen, und obwohl er stolzer Besitzer eines heruntergekommenen Wagens war, dem einzigen Überbleibsel des verstorbenen Mr. Wiggs, hatte er nichts zum Ankuppeln dazu. Es verging kaum eine Woche, in der er sich nicht mit der Frage beschäftigte, und wie Mrs. Wiggs oft sagte: „Wenn Billy Wiggs sich auf eine Sache eingelassen hat, hat er sie so gut wie verstanden!"

Deshalb war sie nicht überrascht, als er eines Abends, kurz vor dem Abendessen, atemlos in die Küche stürzte und aufgeregt rief: „Ma, ich habe ein Pferd! „Ihn zu erschießen, und ich fordere den Mann auf, ihn mir zu geben!"

„Mein Land, Billy! Was willst du von einem fitten Pferd?" fragte seine Mutter.

„Weil ich wusste, dass du ihn heilen könntest. Der Mann sagte, wenn ich ihn mitnehmen würde, müsste ich für den Transport seines Kadavers bezahlen, aber ich sagte: ‚Okay, ich werde ihn trotzdem mitnehmen.' Komm schon, Mama, wir sehen ihn!" und Billy eilte zurück zu seinem neuen Besitz.

Mrs. Wiggs steckte sich einen Schal über den Kopf und rannte über die Gemeinschaftsfläche. Eine Gruppe Männer stand um das sich windende Tier herum, aber der verstorbene Besitzer war gegangen.

„Er ist fast weg", sagte einer der Männer, als sie heraufkam. „Ich habe Billy erzählt, dass du ihn schlagen würdest, weil du diesem alten Kerl den Arm des Mannes angreifst."

„Nun, das werde ich nicht", sagte Mrs. Wiggs entschieden. „Billy Wiggs hat
mehr Verstand als die meisten Männer, die ich kenne. Der Kadaver dieses
Kerls ist etwas wert. Ich schätze, er würde tot etwa zwei Dollar einbringen,
und vielleicht noch mehr lebendig. Wie auch immer, ich werde ihn retten,
wenn es welche gibt." rette ihn!"

Sie stand mit den Armen in den Hüften da und musterte ihren Patienten
kritisch. „Ich werde dir sagen, was mit ihm los ist", war ihre letzte Diagnose;
„Seine Lichter sind in Ordnung. Billy, ich gehe nach Hause, um
Medikamente zu holen. Du hast ihn auf den Kopf gestellt, damit er nicht
aufstehen kann, und ich bin gleich wieder da."

Die Menschenmenge, die sich versammelt hatte, um den Pferdeschuss zu
sehen, begann sich zu zerstreuen, denn es war Zeit für das Abendessen, und
jetzt war nichts mehr zu sehen als das arme leidende Tier, auf dem Billy
Wiggs geduldig saß.

Als Mrs. Wiggs zurückkam, trug sie eine Flasche und etwas, das wie eine
große Murmel aussah. „Das hier ist eine Kalomelpille", erklärte sie. „Ich habe
das Kalomel mit etwas weichem, hellem Brot eingerollt. Jetzt stützen Sie ihm
den Kiefer mit einem kleinen Stock auf, und ich stecke ihn hinein und loche
dann seinen Kopf zurück, während ich etwas Wasser hineingieße Ein
Turkentiner aus dieser Flasche.

Dies gelang nur mit großer Mühe, denn das alte Pferd hatte offensichtlich
eine Vision von dem glücklichen Jagdrevier gesehen und wollte nicht auf die
schmutzige Erde zurückkehren. Seine Glieder versteiften sich bereits im Tod
und nur das Weiße seiner Augen war sichtbar. Frau Wiggs bemerkte diese
entmutigenden Symptome und erkannte, dass gewaltsame Maßnahmen
erforderlich waren.

„Besorgen Sie sich ein paar Stöcke und machen Sie so schnell wie möglich
ein Feuer. Ich muss rüber nach Hause. Bauen Sie es direkt in seiner Nähe
auf, Billy; wir müssen ihn anzünden."

Sie eilte in die Küche, nahm mehrere Talgstückchen vom Regal und warf sie
in einen Blecheimer. Dann zögerte sie einen Moment. Der Kessel mit der
Suppe dampfte auf dem Herd und bereitete sich auf das Abendessen vor.
Mrs. Wiggs glaubte nicht daran, das gegenwärtige Bedürfnis dem zukünftigen
Komfort zu opfern. Sie warf eine großzügige Portion Pfeffer hinein, ergriff
den Kessel in einer Hand und den Eimer Talg in der anderen und taumelte
zurück zum Lagerfeuer.

„Jetzt, Billy", befahl sie, „stellen Sie diesen Eimer Talg dort unten in die
heißeste Stelle des Feuers. Passen Sie auf, kippen Sie ihn nicht um – dort!
Jetzt kommen Sie hierher und helfen Sie mir, diese Suppe hineinzuschütten."
Flasche. Ich werde diesen alten Kerl so aufregen, dass er denkt, er hätte einen

Sonnenstich. Scheint ziemlich schlimm, ihn weiter zu belästigen, wenn er so kurz davor ist, weg zu sein, aber diese Suppe wird sich gut anfühlen, wenn sie einmal da ist Idioten in ihm.

Als der Kessel leer war, wurde die Suppe gleichmäßig auf Frau Wiggs und den Patienten verteilt, aber eine beträchtliche Menge war „in den Kessel gelangt" und das Pferd verlor bereits seine Steifheit.

Nur einmal unterbrach Billy seine Arbeit, und zwar um zu fragen:

„Ma, wie soll ich ihn wohl besser nennen?"

Das Benennen von Namen gehörte zu Mrs. Wiggs' Hauptleistungen und erforderte normalerweise viel sorgfältige Überlegung; Aber wenn es in diesem Fall eine Taufe geben sollte, musste sie sofort stattfinden.

„Ich hätte gerne einen Jografienamen", schlug Billy vor, denn er hatte das Gefühl, dass nichts zu gut war, um ihn seinem Schatz zu schenken.

Mrs. Wiggs stand da, die Suppe tropfte von ihren Händen, und betrachtete ernsthaft das Pferd. Babys, Schweine, Ziegen und Welpen hatten in letzter Zeit weitgehend auf ihren Vorrat zurückgegriffen, und vor allem geografische Namen waren rar. Plötzlich kam ihr ein Gedanke.

„Ich sage dir was, Billy! Wir nennen ihn Cuby! Es ist eine Stadt, über die ich sie im Supermarkt reden hörte."

Zu diesem Zeitpunkt war der Talg geschmolzen, und Mrs. Wiggs trug ihn mit dem Pferd herüber und steckte jeden seiner Hufe in die heiße Flüssigkeit, während Billy die Beine mit der ganzen Kraft seiner jungen Arme rieb.

„Das stimmt", sagte sie; „Jetzt rennst du nach Hause und wirfst das Stück Teppich neben mein Bett, und wir werden ihn umhauen. Ich werde ihnen da drüben Zaungeländer anbringen, um das Feuer am Laufen zu halten."

Die ganze Nacht über arbeiteten sie mit ihrem Patienten, und als im Osten der erste Morgenschein erschien, zog ein Triumphzug über das Kohlfeld. Zuerst kam eine alte Frau mit verschiedenen Eimern, Kesseln und Flaschen; Als nächstes kam ein sehr schläfriger kleiner Junge, der ein zitterndes altes Pferd mit Suppe auf dem Kopf, Talg an den Füßen und einem Streifen Lumpenteppich um die Mitte gebunden führte.

Und so ging Kuba, wie sein geographischer Namensvetter, aus der gewaltsamen Tortur des Wiederaufbaus mit einer verstümmelten Verfassung, inneren Meinungsverschiedenheiten, einem klaren Übergewicht ausländischer Elemente, aber einem festen und dauerhaften Vertrauen in die neue Macht hervor, mit der sein Schicksal unwiderruflich bestimmt worden war.

KAPITEL V EINE
ERINNERUNG

„Es ist leicht genug, angenehm zu sein,
wenn das Leben wie ein Lied dahinfließt, aber der Mann, der sich lohnt, ist
derjenige, der lächelt, wenn alles völlig schief geht.“

Als Miss Hazy am frühen Morgen von einem lauten Wiehern am Kopfende
ihres Bettes geweckt wurde, verwechselte sie es mit dem Trumpf des
Untergangs. Miss Hazys Cottage war, wie gesagt, schräg im Seitenhof der
Wiggses gebaut worden, und der kleine Unterstand direkt hinter Miss Hazys
Schlafzimmer war als vorübergehender Aufenthaltsort Kubas in Betrieb
genommen worden.

Nach ihrem ersten qualvollen Schreck wagte die alte Frau es, die Tür einen
Spalt weit aufzustoßen und hinauszuschauen.

„Chris“, flüsterte sie angespannt zu ihrem schlafenden Neffen – „Chris, was
zum Teufel ist das hier an unserem Fensterladen befestigt?“

Chris, normalerweise taub gegenüber allen Rufen, die weniger eindringlich
sind als kaltes Wasser und ein Besenstiel, hob seinen zerknitterten Kopf aus
der Bettdecke.

"Wo?" er hat gefragt.

"Genau hier!" sagte Fräulein Hazy, immer noch in einem entsetzten Flüstern,
und hielt die Tür fest, als ob das Gespenst versuchen wollte, einzudringen.
Chris hielt nicht inne, um sein Holzbein zurechtzurücken, sondern hüpfte
zur Tür und blickte vorsichtig auf die Öffnung.

„Na, scheiße, das ist doch nichts anderes als ein Mistkerl!“ sagte er voller
Abscheu, da er sich auf nichts Geringeres als ein Nashorn gefreut hatte, wie
er es im Zirkus gesehen hatte.

„Wie ist er dorthin gekommen?“ fragte Miss Hazy.

Chris war nicht bereit, es zu sagen.

Während des gesamten Frühstücks war Miss Hazy in Aufregung. Sie hatte
einmal gehört, dass ein Baby vor der Haustür zurückgelassen wurde, aber nie
ein Pferd. Als ihre Neugier fast am Ende war, sah sie Mrs. Wiggs mit einem
Eimer über den Hof kommen. Sie beeilte sich, sie zu treffen.

„Morgen“, rief Mrs. Wiggs trotz ihrer nächtlichen Wachsamkeit fröhlich;
„Haben wir nicht ein schönes Pferd?“

Miss Hazy stellte das Aschenfass zwischen sich und das Tier und wagte eine schüchterne Inspektion, während Mrs. Wiggs Erklärungen abgab und die Aufmerksamkeit auf Kubas Feinheiten lenkte.

„Kannst du nicht reinkommen und dich aufwärmen?" fragte Miss Hazy, als sie schloss.

„Nun, ich glaube, das werde ich", sagte Mrs. Wiggs. „Ich bin noch lange nicht fertig. Die Kinder räumen auf, da es Samstag ist." Von sieben bis neun Uhr morgens waren die beliebtesten Anrufzeiten im Cabbage Patch.

Mrs. Wiggs wählte den Stuhl, auf dem es am wenigsten Platz gab, lehnte sich zurück und lächelte freundlich, während sie bemerkte: „Wir sind an Pferde gewöhnt; das hier ist der zweite, den wir hatten."

"Mein!" sagte Fräulein Hazy, „Sie scheinen sich gut gemacht zu haben!"

„Ja", fuhr Mrs. Wiggs fort, „das waren wir – bis zum Brand. Habe ich dir jemals erzählt, wie Jim unsere andere Hure in die Stadt gebracht hat?"

Miss Hazy hatte die Geschichte schon mehrmals gehört, aber sie kannte die Pflichten einer Gastgeberin.

„Es war so", fuhr Mrs. Wiggs fort, rückte ihren Stuhl näher an das Feuer und bereitete sich auf ein gutes, langes Gespräch vor. „Sehen Sie, ich und die Kinder kamen mit der Dampfeisenbahn, aber es gab keine Möglichkeit, das Pferd hierher zu bringen, außer jemand, der es reiten konnte. Natürlich sagte Jim, er würde es tun . Armer Jim, immer bereit, den schwierigen Teil zu tun!" Sie hielt inne, um sich die Augen an ihrer Schürze abzuwischen, und Miss Hazy weinte vor Mitgefühl.

„Niemals, Miss Wiggs, weinen Sie nicht. Erzählen Sie mir, was Sie als nächstes getan haben."

„Nun", sagte Mrs. Wiggs und schluckte den Kloß in ihrem Hals herunter, „Jim sagte, er würde gehen. Er war noch nie in der Stadt gewesen, und er war ein bisschen rasiert, aber ich wusste, dass ich ihm vertrauen konnte." "

„Ich verstehe nicht, wie du es ertragen könntest, es zu riskieren!" rief Miss Hazy aus.

„Oh, ich schätze, was auch immer du tun musst, das wirst du tun. Ich sah keinen anderen Weg; also legte ich eines Morgens eine alte Flickendecke über die Decke, band einen Eimer Haferflocken dahinter und …" Ich habe ein paar Kleinigkeiten für Jim besorgt und sie losgeschickt. Es war eine 40-Meilen-Fahrt bis in die Stadt, also habe ich überlegt, Jim anzufangen, damit er gegen Einbruch der Dunkelheit zu Dr. White kommt.

„Dr. White war Ihr alter Arzt, nicht wahr?" fragte Miss Hazy.

„Ja. Er hat sich immer um Mr. Wiggs gekümmert, bevor wir nach Bullitt County gezogen sind. Wissen Sie, Mr. Wiggs war ein Witwemann, als ich ihn geheiratet habe Hisn. Er muss in die regulären Querbalken gehen!

Miss Hazy war von Ehrfurcht erfüllt, doch es sollten noch weitere schreckliche Enthüllungen folgen.

„Ich schätze, Sie wussten, dass ich ihn getötet habe", fuhr Mrs. Wiggs ruhig fort. „Der Arzt und alle anderen haben es gesagt. Er war an Typhus erkrankt, und ich gebe ihm Schweinefleisch und Bohnen. Er war ein wunderbarer Mann! Er hat seine Sinne bis zum Schluss bewahrt. Ich erinnere mich noch an seine letzten Worte." Ich saß neben ihm und wartete darauf, dass der Arzt kam, und sagte immer wieder: „Oh, Mr. Wiggs!" Und er antwortete ganz natürlich und genervt: „Gutes Land, Nancy!" Und das waren genau die Worte, die er je gesprochen hat.

„War er ein Kirchenmitglied, Miss Wiggs?" fragte Miss Hazy.

„Naja, nein, nicht ganz", gab Mrs. Wiggs widerwillig zu. „Aber er war, wie man sagen könnte, ein Wohltäter. Aber wie ich schon sagte, Dr Ich wusste, dass der Arzt ein Auge auf ihn werfen würde, wenn er so pelzig wäre wie Smithville. Was den Rest der Reise angeht, war ich mir nicht so sicher. Die einzige Person, die ich in der Stadt kannte, war Pete Jenkins Es gab einen Mann auf der Welt, für den ich nichts brauchte, es war Pete. Aber wenn ich Leute nicht mag, versuche ich, etwas Nettes für sie zu tun. Das scheint die einzige Möglichkeit zu sein, meine Gemeinheit auszusortieren . Also sage ich zu Jim: „Du machst weiter, bis du zum Indianerhaus Nr. 6 kommst, und dann fragst du ihn", sagte ich, „du bist der Junge von Hiram Wiggs." „Solange er deinem Vater so viel Schaden zugefügt hat, wäre er vielleicht froh, dir etwas Gutes zu tun und dich über Nacht bei der Herde zu behalten, bis deine Mutter zu dir kommt." Nun, Jim machte sich auf den Weg und machte sich auf den Weg zu diesem großen Pferd, und ich schwenkte meine Schürze, so lange ich konnte; dann versteckte ich mich hinter einem Baum, um ihn davon abzuhalten, mich weinen zu sehen. Er ritt den ganzen Tag Gegen Sonnenuntergang kam er zu Dr. White, er war so müde und steif, dass er kaum gehen konnte, aber er band das Pferd an den Pfosten und ging zur Hintertür. klopfte ganz leicht. Mrs. White kam an die Tür und war wirklich verärgert: „Nein, Doktor ist nicht da" und schlug sie wieder zu. Vielleicht wollte ich ihr nicht die Schuld geben der Ofen, oder ihr weinendes Baby oder so, aber mir scheint, ich hätte einen Hund nicht so behandeln können!

„Por Jim, er wurde wieder auf die Straße geschleppt und setzte sich neben das Haus, ohne zu wissen, was er als nächstes tun sollte. Die Nacht brach herein, er hatte noch nichts zu Abend gegessen und war tot Plötzlich schlief er ein, und er wusste nichts, bis ihm jemand die Schulter schüttelte und sagte: „Aufstehen von hier auf der Straße?" Dann stolperte er lange, während jemand seinen Arm hielt, und er wurde in einen großen, hellen Raum geführt, und der Arzt sah ihn an und stellte ihm Fragen Ich weiß, was er geantwortet hat, aber es muss richtig gewesen sein, denn der Arzt ergriff seine Hand und sagte: „Gott sei Dank, es ist der kleine Jimmy Wiggs, den ganzen Weg aus Curryville!"

„Dann geben sie ihm sein Abendessen, und Mrs. White sagt: ‚Wo wird er schlafen, Doktor? Es gibt kein freies Bett.' Dann runzelte Jim, der Arzt, die Stirn wie immer und sagte: „Schlafen? Er wird mit meinen Jungs im Bett schlafen, und sie werden stolz darauf sein, einen mutigen Bettler zu haben!"

„Jim hat diese Worte nie verstanden; sie bedeuteten ihm viel mehr als sein Abendessen."

„Am nächsten Morgen machte er sich früh wieder auf den Weg, der Arzt zeigte ihm den Weg. Er kam erst gegen vier Uhr in die Stadt, und er hatte das Gefühl, dass er noch nie so durcheinander gewesen war." Sein Leben war grün in der Stadt; es machte einem von ihnen schlecht, als sie zum ersten Mal mit der Straßenbahn fuhren, und Europena wurde von den Zeitungsjungen zu Tode gejagt, weil sie dachte, sie riefen „Babys", ' 'Stunde von 'Papieren.' Jim blieb direkt auf der Hauptstraße, wie es ihm erlaubt war, aber um ihn herum passierte so viel Tempo, dass er sagte, er könne nicht mehr tun, als ihm aus dem Weg zu gehen Plötzlich kam ein Eiswagen ratternd hinter ihm her, und bevor er es merkte, traf ihn ein Mann und drehte ihn zu sich herum , und er wurde in die Luft geschleudert, und –"

„Mama!" rief eine schrille Stimme von der Veranda der Wiggses: „Australien ist im Regenfass!"

Mrs. Wiggs sah verärgert aus. „Ich hatte noch nie in meinem Leben eine schöne Zeit, in der nicht eines meiner Kinder in die Regentonne geworfen hat!"

„Nun, machen Sie weiter", sagte Miss Hazy, für die die Geschichte durch Wiederholung nichts verloren hatte.

„Viel mehr gibt es nicht", sagte Mrs. Wiggs und nahm ihren Eimer. „Unser Kumpel hatte zwei Beine und sein Genick war gebrochen, aber Jim hatte nie einen Kratzer. Ein Polizist brachte ihn zum Indianerhaus Nr. 6, und Pete Jenkins behandelte ihn, als wäre er sein eigener Sohn. Ich war fertig." Dann war ich geheilt und da war mein Gefühl gegen Pete.

„Mama!" Wieder ertönte der Warnruf über den Hof.

„In Ordnung, ich komme! Auf Wiedersehen, Miss Hazy. Sie haben ein Auge auf Cuby, bis wir unseren Schuppen fertig haben. Er ist nicht so temperamentvoll, wie er aussieht."

Und mit einem herzlichen Händedruck ging Mrs. Wiggs fröhlich davon, um ihren irrenden Nachwuchs zu züchtigen.

KAPITEL VI
EINE THEATERPARTY

„Das Stück, das Stück ist das Ding!"

BILLYs Außenpolitik erwies sich als äußerst zufriedenstellend, und nach der Annexion Kubas fanden viele zusätzliche Groschen ihren Weg in die Blechdose oben auf dem Kleiderschrank. Aber außer Mrs. Wiggs' Einkünften waren sie alle nötig, um die Familie vor dem schrecklichen Unglück zu bewahren, „eine Schuld begleichen" zu müssen.

An einem kalten Dezembertag kam Billy herein und fand seine Mutter müde am Tisch lehnend. Ihr Gesicht hellte sich auf, als er eintrat, aber er bemerkte den müden Ausdruck in ihren Augen.

"Was ist los?" er hat gefragt.

„Ist nichts los, Billy", sagte sie und versuchte, fröhlich zu sprechen; „Ich bin völlig erschöpft, das ist alles. Bei mir wird es so sein wie bei Onkel Neds altem Ochsen, schätze ich; er hat weitergemacht, bis er im Stehen gestorben ist. hoch, und selbst dann mussten sie ihn umstoßen.

Sie ging zum Fenster und blickte geistesabwesend über die Gemeinschaftsfläche. „Weißt du, Billy", sagte sie plötzlich, „ich habe die verrückteste Idee im Kopf. Ich würde alles dafür geben, diese Woche die Vorstellung im Opernhaus zu sehen."

Wenn sie den Wunsch nach einer Diamantkette geäußert hätte, hätte Billy nicht verblüffter sein können, und sein Gesichtsausdruck drückte seinen Geisteszustand aus. Mrs. Wiggs beeilte sich zu erklären:

„Natürlich denke ich nicht wirklich darüber nach, zu gehen, aber diese Show-Rechnung hat mich dazu gebracht, darüber zu studieren, und ich musste mir wünschen, dass du gehen könntest."

„Ich glaube nicht, dass es viel ist, wenn man reinkommt", sagte Billy und versuchte, die Wirkung von negativem Trost auszudrücken.

„Ja, das ist es, Billy Wiggs", antwortete seine Mutter eindrucksvoll. „Du warst noch nie in einem Theater, und ich schon. Ich war zweimal dort und es war großartig! Du siehst die Lichter und die Reparaturen und all die feinen Damen und ihre Freundinnen. Das erste Mal, dass ich Sie sagten, sie wären ein Mann in hautengen Strumpfhosen, der an einem Seil lief, das hoch über den Kopf eines jeden Menschen gezogen war.

„Was sind Hautstrumpfhosen?" fragte Billy wider Willen begeistert.

„Es sind Pailletten um deine Taille und Schuhe ohne Absätze. Du siehst, der Mann konnte nicht viel Kleidung tragen, weil es ihn zu schwer machen würde, um dort oben in der Luft zu bleiben. Die Band spielt alles." Die Zeit, in der die Leute singen und reden, alle lachen und sich amüsieren. Das ist großartig, sage ich euch!"

Billys Brauen waren hochgezogen und er saß eine Weile ungewöhnlich still da und blickte seine Mutter an. Schließlich sagte er: „Vielleicht nimmst du mir mein Schneegeld von letzter Woche."

Mrs. Wiggs war empört. „Warum, Billy Wiggs!" rief sie, „glaubst du, ich würde zu einer Show gehen, wenn Asien und Australien keinen guten Schuh im Rücken haben?"

Billy sagte nichts mehr über das Theater, aber an diesem Nachmittag, als er mit dem Anzündholz unterwegs war, dachte er tief über die Angelegenheit nach. Es war ziemlich kalt, und manchmal musste er die Zügel zwischen die Knie stecken und die Hände tief in die Taschen stecken, um die Steifheit zu lindern. Es kam mir wirklich so vor, als hätten alle gerade einen Vorrat an Anzündholz hineingelegt, und der schattenhafte kleine Plan, den er geschmiedet hatte, wurde immer schattenhafter.

„Ich schätze, die Tickets kosten eine Menge", dachte er reumütig, während er sich in eine normale Brezel eines Jungen verwandelte; „Aber andererseits hat sie nie Spaß und macht nie etwas für sich." Und weil Billy um die vielen Opfer seiner Mutter wusste und es ihm sehr schwer fiel, Jims Platz einzunehmen, blieb ihm ein Kloß im Hals stecken und machte ihm so viel Ärger, dass er für eine Weile vergaß, wie kalt ihm war.

Ungefähr zu dieser Zeit kam er in Sichtweite des Opernhauses und verlockende Plakate der „größten Extravaganz des Jahrhunderts" erschienen. Er zog Cuba in einen Spaziergang und saß da und nahm die dargestellten Wunder in sich auf; Unter den Wundern befanden sich Scharen von Kindern, die als Schmetterlinge verkleidet waren, schöne Damen, die in einer Reihe marschierten, ein Mann, der ein Fass auf seinen Füßen balancierte, und – ja, da war der Mann in „Hautstrumpfhosen", der auf dem Seil ging!

Ein scharfer Windstoß brachte Billy wieder zur Besinnung, und als sich seine sehnsüchtigen Augen von den prächtigen Showzetteln abwandten, begegneten sie dem amüsierten Blick eines Herrn, der gerade aus dem Opernhaus gekommen war. Er war so groß und sah so gut aus, dass Billy dachte, ihm müsse die Show gehören.

„Ein bisschen Freundlichkeit, Sir?"

Der Herr schüttelte den Kopf. Die Plakate tanzten noch immer vor Billys Augen; wenn seine Mutter nur die Show sehen könnte! Die letzte Chance schien vertan zu sein. Plötzlich tauchte eine mutige Idee auf. Er stieg aus dem Wagen und stieg auf die Stufe.

„Könnten Sie nicht eine ganze Ladung verbrauchen, wenn ich sie in Stücken herausnehmen würde?"

Der Mann sah verwirrt aus. „In Tickets herausnehmen?" er wiederholte.

„Ja, Sir", sagte Billy, „die Eintrittskarten. Gehört Ihnen die Show nicht?"

Der Herr lachte. „Na ja, wohl kaum", sagte er. „Was wollen Sie mit mehr als einem Ticket?"

In seiner Stimme lag ein gewisses Mitgefühl, obwohl er immer noch lachte, und bevor Billy es merkte, hatte er ihm alles darüber erzählt.

„Wie viele Tickets könntest du mir für die Ladung geben?" fragte er abschließend.

Der Herr machte eine hastige Berechnung. „Du sagst, du hast drei Schwestern?" er hat gefragt.

„Ja", sagte Billy.

„Nun, ich würde sagen, diese Ladung war ungefähr fünf Tickets wert."

"Gee Whiz!" schrie der Junge; „Das würde uns alle holen!"

Er folgte dem Herrn zurück zum Ticketschalter und beobachtete gespannt, wie der Mann hinter dem kleinen Fenster fünf Tickets zählte und sie in einen rosa Umschlag steckte.

„Eine für dich, eine für deine Mutter und drei für die Kinder", sagte sein Freund, als Billy den Schatz in der Innentasche seines zerlumpten Mantels zuknöpfte.

Er war so aufgeregt, dass er fast seinen Teil der Abmachung vergessen hätte, aber als der Herr sich abwandte, fiel es ihm wieder ein.

„Sagen Sie, Herr, wohin soll ich das Kleinholz bringen?"

„Oh, das ist in Ordnung; du kannst es morgen verkaufen", antwortete der andere.

Billys Gesicht verfinsterte sich sofort. „Wenn du das Kindlin nicht nimmst, muss ich dir die Tickets zurückgeben. Ma, bitte lass uns nicht, auf diese Weise nichts zu nehmen."

„Aber ich brauche das Anzündholz nicht; ich habe keinen Platz dafür."

„Hast du kein Zuhause?" fragte Billy ungläubig.

„Nein", antwortete der Mann knapp.

Der Gedanke, dass irgendjemand, egal in welcher Gesellschaftsschicht, keinen Bedarf an Anzündholz hat, war für Billy neu. Aber er hatte keine Zeit, darüber nachzudenken, denn diese neue Komplikation forderte seine ganze Aufmerksamkeit.

„Gibt es denn niemanden, dem du es geben könntest?" er hat gefragt.

Der Herr wurde ungeduldig. „Nein, nein; geh mit, das ist in Ordnung."

Aber Billy wusste, dass es nicht in Ordnung sein würde, wenn er nach Hause kam, also unternahm er noch einen Versuch. „Wie würden Sie es gerne an Miss Hazy schicken?" er erkundigte sich.

„Nun, Miss Hazy, die nicht das Vergnügen hat, meine Bekanntschaft zu machen, könnte Einwände gegen die zarte Aufmerksamkeit haben. Wer ist sie?"

„Sie ist Chris' Tante; sie hatten seit zwei Tagen kein Feuer mehr."

"Oh!" sagte der Mann herzlich, „bringen Sie es auf jeden Fall zu Miss Hazy. Sagen Sie ihr, es ist von Mr. Bob, dem es schlechter geht als ihr, denn er hat nicht einmal ein Zuhause."

Eine Stunde später herrschte wilde Aufregung unter dem einzigen Blechdach im Cabbage Patch. Was für ein Schrubben und Bürsten war da!

„Es ist wie eine versteinerte Luftburg", sagte Mrs. Wiggs, als sie Asiens bestes Kleid auszog; „Hier habe ich darüber nachgedacht, und ich wollte gehen, und hier bin ich tatsächlich bereit zu gehen! Komm her, Kind, und lass mich deine Zöpfe ausbügeln, solange das Eisen gut und heiß ist."

Diese schmerzhafte Operation wurde nur bei staatlichen Anlässen durchgeführt; Jede kleine Wiggs legte ihren Kopf auf das Bügelbrett, ein bereitwilliges Opfer auf dem Altar der Eitelkeit, während Mrs. Wiggs sorgfältig fünf Zöpfe auf jedem Kopf glättete. Europena war die Einzige, die dagegen war, ein Brandopfer zu sein, aber als sie die krausen Locken der anderen sah, überwand ihr Stolz ihre Angst, und sie hielt Billys Hand fest und neigte ihren pausbäckigen Kopf, um sich der schweren Prüfung zu stellen.

„Nun, Billy, du rennst rüber zu Mrs. Eichorn und bittest sie, mir ihren schwarzen Kreppschleier zu leihen. Mrs. Krasmier hat ihn sich gestern ausgeliehen, um ihn bei der Beerdigung ihres Vaters zu tragen, aber ich schätze, sie hat ihn inzwischen zurückgeschickt. , Billy – Billy, sag ihnen unbedingt, dass wir zur Show gehen. Während sie sprach, bürstete Mrs.

Wiggs ihr Haar kräftig mit der Kleiderbürste. Australien hatte im Sommer zuvor die Haarbürste in die Zisterne geworfen.

„Asia, du holst das Alpaka hinter der Truhe hervor und schüttelst es auf dem Bett aus."

„Wer wird es tragen, Ma?" Die Frage kam in besorgtem Tonfall, denn das blaue Alpaka war ihnen in einem Bündel alter Kleidung geschickt worden, und obwohl es keinem der Mädchen passte, war es ein sehr begehrtes Privileg, es zu tragen.

„Nun, ich weiß es nicht", sagte Frau Wiggs und musterte die Kinder kritisch. „Es wird dir nicht gut tun und Australien in den Hintergrund rücken."

„Lass es mich tragen, Ma!"

„Nein, lass mich!" kam in aufgeregtem Ton.

Mrs. Wiggs hatte wegen des blauen Alpakas schon einmal Ärger gesehen; Sie wusste, welche Qualen ihre Entscheidung dem einen oder anderen bereiten musste.

„Auf Asien sieht es wirklich am besten aus", dachte sie; „Aber wenn ich sie es tragen lasse, wird Austry einen Heulzauber haben und ihren Atem anhalten müssen, und das wird so viel Zeit in Anspruch nehmen." Also fügte sie laut hinzu: „Ich werde dir sagen, was wir tun werden. Asia, deine Sippe trägt den Rock, und die österreichische Sippe trägt die Taille."

Aber als sie den Rock über das rote Kattunkleid eines kleinen Mädchens gesteckt und die blaue Taille über die saubere Schürze des anderen Mädchens geknöpft hatte, blickte sie sie zweifelnd an. „Sie sehen zwar freundlicher gemischt aus", gestand sie sich selbst, „aber ich denke, das macht nichts, solange sie beide glücklich sind."

Gerade hier kam Billy herein, mit dem Schleier in der einen Hand und einem Strauß verblühter Nelken in der anderen.

„Schau mal, Mama!" rief er und hielt seine Trophäe hoch. „Ich habe sie mit Pete gegen einen Kreisel und einen Achat getauscht. Er hat sie aus einem Aschenfass drüben auf der Avenue geholt."

„Na, ist das nicht schön?" sagte Frau Wiggs; „Ich schneide die Stiele einfach ab und stecke sie in eine Flasche Wasser, und wenn wir losfahren, werden sie richtig gesund. Ich wünschte, du hättest etwas zum Reparieren, Billy", fügte sie hinzu ; „Du siehst so schäbig aus wie eine Himbeere."

Billy sah ziemlich schäbig aus; Seine Ellbogen waren ausgestreckt und zwei der Löcher in seiner Hose waren geflickt, zwei nicht. Mrs. Wiggs kramte in der Tischschublade.

„Ich wünschte, ich könnte etwas von deinem Vater finden, das passen würde. Hier sind seine weißen Handschuhe, die er trug, als er Sargträger des alten Mr. Bender war. Mir scheint, sie tragen beim Theater tatsächlich weiße Handschuhe, aber ich erinnere mich nicht mehr.“

„Nein! Ich werde keine Handschuhe tragen“, sagte Billy bestimmt.

Mrs. Wiggs setzte ihre Suche fort. „Hier ist der Uhrenanhänger deines Großvaters, aber ich möchte, dass du ihn trägst, sonst verlierst du ihn. Es ist ein Familienüberbleibsel – wurde über zwei Generationen weitergegeben. Was ist mit dieser roten Bettdecke hier? Sie würde dich irgendwie aufhübschen, und „Halte dich warm, außerdem weißt du, dass du eine Woche lang eine Erkältung hattest, und deine Rohre sind ganz verstopft.“ So wurde es beschlossen und Billy trug die Bettdecke.

Um sieben Uhr waren sie fertig, und als sich die Nachricht herumgesprochen hatte, dass die Wiggs zu einer Show gehen würden, kamen viele Nachbarn herein, um zu sehen, wie sie aussahen, und um zu hören, wie es passierte.

„Einige von euch schütteln alle den Ofen herunter und ziehen die Tür auf, um mich zu befreien. Ich habe Angst davor, Mrs. Eichorns Schleier zu verletzen, und ich habe Angst, meinen Kopf zu verdrehen“, sagte Mrs. Wiggs nervös, als sie trat von der Veranda.

Die kleine Prozession hatte die Bahngleise schon weit hinter sich gelassen, als Mrs. Wiggs plötzlich anhielt.

„Um Himmels Willen! Wissen Sie, was wir getan haben? Wir haben die Theaterkarten zu Hause liegen gelassen!“

Da begann Australien zu weinen, und eine düstere Stimmung breitete sich über die Gruppe aus.

„Billy, lauf zurück, so schnell deine Beine dich tragen, und schau in die Blechdose hinter der Uhr, dann warten wir hier auf dich.“ Mrs. Wiggs hüllte Europena in ihren Schal und versuchte, die Stimmung der Gesellschaft aufrechtzuerhalten, während sie sich am Bordstein zusammenkauerten und auf Billys Rückkehr warteten.

„Schau, wie hübsch es aussieht, all die Lichter, die aus den Winden auf den Schnee strömen. Sieht aus wie ein Chromo, das Mama früher hatte.“

Aber die jungen Wiggs waren nicht in der Stimmung, die malerische Atmosphäre der Szene zu würdigen.

Es war sehr kalt und selbst die Aussicht auf die Show wurde durch das gegenwärtige Unbehagen getrübt. Nach und nach begann Australiens Schluchzen erneut.

„Was ist los, Schatz? Weine nicht, Billy kommt gleich zurück, und dann gehen wir dorthin, wo es gut und warm ist.“

„Ich will mein Abendessen!“ jammerte Australien.

Dann dämmerte Mrs. Wiggs zum ersten Mal, dass das Abendessen in der Aufregung der Vorbereitung völlig außer Acht gelassen worden war.

„Na, wenn das nicht alles übertrifft!“ sagte sie. „Ich hatte ungefähr so viel Vorstellung vom Abendessen wie eine Ziege von Samthandschuhen!“

Aber als Billy mit den Eintrittskarten zurückflog und die Party auf dem langen Weg zum Opernhaus erneut begonnen hatte, tauchten die verlockenden Plakate auf, und das Abendessen und die Kälte waren vergessen.

KAPITEL VII
„MR. BOB"

„Wenn sein Herz bei hohen Überschwemmungen
ab und zu sein Gehirn überschwemmte, war er dafür nur reicher, als die
Flut wieder abebbte."

An diesem Abend versammelte sich ein großes Publikum, um der „größten Extravaganz des Jahrhunderts" beizuwohnen. Das Opernhaus war ein Glanz aus Licht und Farben.

Von der Nische einer der Kisten aus warf Redding einen sorgfältigen Blick auf die Gesichter unter ihm. Die ersten Nächte trafen ihn normalerweise dort an, mit dem gleichen unruhigen, eifrigen Ausdruck in seinen Augen. An diesem Abend fand er offenbar nicht, was er suchte, und wandte sich gerade lustlos ab, als er plötzlich innehielt, sich nach vorne beugte und dann breit lächelte. Er hatte Billys rote Bettdecke erblickt.

Das Haar des Jungen klebte dicht an seinem Kopf, und sein Gesicht war durch Seife und Glück verwandelt. Redding warf einen fragenden Blick auf den Rest der Gruppe – auf das strahlende Gesicht der Mutter, das im Dämmerlicht ihres Kreppschleiers strahlte, auf die drei kleinen Mädchen in ihren zusammengesetzten Kostümen, auf die Nelken, die an jeder Brust befestigt waren. Dann kehrte er der „größten Extravaganz des Jahrhunderts" bewusst den Rücken und konzentrierte seine Aufmerksamkeit auf die Parkettgruppe.

Es war eine außergewöhnlich enthusiastische Theaterparty, die die Umgebung nicht wahrnahm und sich angesichts der seltsamen Anblicke in Staunen versenkte. Billys Lachen erklang häufig und mit erfrischender Spontaneität. Ihre Freude war so offensichtlich, dass Redding am Ende des ersten Akts überrascht war, zu sehen, wie sie ihre Umhänge anzogen und feierlich aus dem Theater marschierten. Er eilte in die Lobby und berührte Billy an der Schulter.

„Hat dir die Show nicht gefallen?" er hat gefragt.

„Wetten!" sagte Billy, seine Augen leuchteten und seine Wangen waren gerötet.

Mrs. Wiggs war hoffnungslos in den Kreppschleier verwickelt, aber ihre Vorstellungen von Etikette waren starr. Sie löste eine Hand und sagte würdevoll: „Ich glaube, das ist Mr. Bob, Billys Freund. Freut mich, Ihren Bekannten kennenzulernen. Asia, sprechen Sie mit dem Herrn – Australien – Europena!" mit einem befehlenden Nicken zu jedem.

Drei kleine Hände wurden gleichzeitig auf Redding gerichtet, und er nahm sie alle in seiner breiten Handfläche unter.

„Aber warum gehst du nach Hause?“ fragte er und schaute von einem zum anderen.

„Wohin sollten wir sonst gehen?“ fragte Frau Wiggs erstaunt.

„Warum nicht bleiben und das Stück sehen? Das war nur der erste Akt.“

„Gibt es noch welche, Ma?“ fragte Asia eifrig.

„Natürlich“, erklärte Redding, „viel mehr. Gehen Sie jetzt zurück und bleiben Sie, bis alle das Theater verlassen haben, und dann werden Sie sicher sein, dass es vorbei ist.“

Also machten sie sich wieder auf den Weg und boten dem ungeduldigen Publikum ein amüsantes Entree.

Nachdem sich der Vorhang für das Schlussbild gesenkt hatte, wartete Redding in der Lobby, während der Menschenstrom vorbeizog. Die Wiggses hatten den Anweisungen Folge geleistet und waren die allerletzten, die herauskamen. Sie schienen von ihrem jüngsten Blick in das Märchenland benommen zu sein. Etwas in ihren dünnen Körpern und verkniffenen Gesichtern veranlasste Redding zu einem plötzlichen Entschluss.

„Billy“, sagte er ernst, „können du und deine Familie nicht mit mir zu Abend essen?“

Billy und seine Mutter tauschten zweifelnde Blicke; In den letzten drei Stunden war alles so seltsam und ungewöhnlich gewesen, dass sie verwirrt waren.

„Sehen Sie, wir gehen gleich rüber zu Bond’s und essen etwas, bevor Sie nach Hause gehen“, drängte Redding.

Mrs. Wiggs hatte große Zweifel, aber eines der kleinen Mädchen zog ihren Rock und sagte flehend: „Ma, lass es uns tun!“ und Billy warf bereits einen sehnsüchtigen Blick auf das große Restaurant auf der anderen Straßenseite. Sie brachte es nicht übers Herz abzulehnen. Als sie die Straße überquerten, blieb Asia plötzlich stehen und rief:

„Ma, da ist die ‚Christmas Lady‘ da drin! Sie hat uns gesehen! Schau!“

Doch bevor sie umdrehen konnten, war die Wagentür zugeschlagen.

Redding führte sie in eine kleine Wohnung, die vom Rest des Cafés durch einen Vorhang abgeschirmt war, sodass nur die Kellner etwas über die seltsame Party sagten. Zunächst herrschte bedrückendes Schweigen; Dann wandte sich der Gastgeber an Europena und fragte sie, was sie am liebsten esse. Es folgte ein Moment der Folter für die kleine Dame, in dem sie beinahe ihren Daumen aus der Gelenkhöhle herausdrehte, dann gelang es ihr, nach Luft zu schnappen:

„Grüne Welpen!"

Herr Bob lachte. „Warum, du kleiner Kannibale!" er sagte. „Was zum Teufel meint sie?"

„Windbeutel", erklärte Mrs. Wiggs leichthin. „Sie hat sie bei Mrs. Reed getroffen, der Frau des Bourbon Stock Yard, und sie hat schon immer von ihnen geredet."

Danach war das Eis zwar nicht zerbrochen, hatte aber zumindest einen Riss, und als der erste Gang serviert wurde, erzählte Redding ihnen eine lustige Geschichte, und drei der Zuschauer konnten lächeln. Es hatte ihm Freude bereitet, ein üppiges Abendessen zu bestellen, und er empfand größte Freude über die Neuartigkeit der Situation. Die Wiggses aßen, wie er noch nie zuvor Menschen essen gesehen hatte. „Was Geschwindigkeit und Haltbarkeit betrifft, brechen sie den Rekord", war sein geistiger Kommentar. Er saß daneben und ließ sie mit vollendetem Fingerspitzengefühl alles außer der schönen Zeit, die sie hatten, vergessen.

Während das Abendessen voranschritt, wurde Frau Wiggs kommunikativ. Sie trug immer noch ihre schwarzen Baumwollhandschuhe und gestikulierte beim Reden mit einer Hähnchenkrokette.

„Ja", sagte sie gerade, „Jim war einer dieser geschickten Kinder; als er acht Jahre alt war, konnte er so gut hausieren wie man konnte! Ich schätze, Sie haben von unserem Dach gehört; jeder hat darüber geredet." . Billy ist direkt hinter ihm her; weißt du, was dieser Junge getan hat?

"Ein Denkmal!" rief Redding aus.

„Ja, Sir, ein Grabdenkmal! Ich habe mir schon immer gewünscht, dass Mr. Wiggs ein Denkmal haben könnte, und Billy hat kein Wort gesagt, aber er hat sich darauf konzentriert. Eines Tages kam er mit vielen davon nach Hause Hier sind die Fliesen, die sie aus der Fliesenfabrik weggeworfen hatten; einige davon waren ein wenig beschädigt, die anderen waren so gut wie neu. Nun, er hat sie jeden Tag behalten oder zwei, bis er einen beträchtlichen Haufen hatte. Jeden Abend legte er diese Dinger auf den Boden, packte sie hier ein und zerschlug sie dort, aber ich zahlte nie nein Als ich eines Nachts von Mrs. Eichorn zurückkam, sah ich auf dem Boden eine eindeutige Grabplatte, auf der in kleinen blauen Kacheln in der Mitte stand:

„„Pa. Vorbei, aber nicht vergessen.'

„Ich war so froh, dass ich mich hingesetzt habe und bin in Tränen ausgebrochen. Wir haben einen Sortierkasten gebaut, um es aufzubewahren, und es mit Zement befestigt, und am Sonntag haben mich und die Kinder es herausgenommen und repariert." Es liegt auf dem Grab von Mr. Wiggs. Eines Tages werden wir Jimmy zu einem machen. Du weißt, Jimmy ist mein Junge, der tot ist. Ihre Augen füllten sich und ihre Lippen zitterten; Selbst der Sonnenschein ihrer lebhaften Natur konnte keinen Schatten vertreiben, der immer auf ihrem Herzen lag.

In diesem Moment stürzte Billy, zweifellos begeistert darüber, dass er das Gesprächsthema war, sein Glas Wasser um, und die Sintflut ergoss sich über Australien und durchnässte die Taille des blauen Alpakas. So ein Wehklagen entstand! Drohungen und Überzeugungsarbeit waren gleichermaßen erfolglos; Sie weigerte sich sogar, abgewischt zu werden, sondern glitt trostlos unter den Tisch. Redding versuchte, mit einer Orange als Waffenstillstandsfahne in die Zitadelle einzudringen, aber seine Annäherungsversuche waren wirkungslos und er musste sich unter Beschuss zurückziehen.

„Ich würde sie in Ruhe lassen, Mr. Bob", riet Mrs. Wiggs ruhig, während sie ihren Salat auf einem Stück Brot verteilte. „Sie wird den Atem anhalten, wenn du sie bemerkst."

Die Schreie ließen nach und nach zu krampfhaftem Schluchzen nach, das wiederum bedrohlicher Stille Platz machte.

„Billy", sagte Redding, indem er Mrs. Wiggs' Rat befolgte und den Flutopfer ignorierte, „wie würde es Ihnen gefallen, mein Bürojunge zu sein?"

„Ich hätte gern einen Haufen davon", antwortete Billy prompt.

Redding wandte sich an Mrs. Wiggs. „Sehen Sie, es ist eine Zeitungsredaktion, und obwohl das Gehalt anfangs nicht viel ist, ist es immer noch besser, als Kleinholz zu verkaufen, und mit zunehmendem Alter hätte er eine Chance auf eine Beförderung."

„Oh ja", antwortete Frau Wiggs selbstgefällig; „Es würde keine Probleme geben, Billy zu promoten. Ich gehe davon aus, dass er sofort anfangen könnte, Zeitungen zu schreiben, wenn man ihn dazu zwingen könnte. Er ist genauso wie sein Vater – das genaue Ebenbild von ihm." ! Herr Wiggs war so gebildet – der fließendste Mann in Jografie, den ich je gesehen habe!"

„Ich werde wie Mr. Bob sein, wenn ich groß bin", sagte Billy energisch. Seine Erinnerungen an seine Eltern väterlicherseits waren nicht die Art, aus der Ideale gemacht sind.

Genau hier erschien der Kellner mit dem letzten Gang, und Asia hob die Tischdecke hoch und flüsterte: „Sagen Sie: ‚Straly, wir haben Eis." Keine

Antwort. Dann steckte die kleine Europena mit Babyweisheit ihren Haarschopf unter das Tuch und sagte: „Traly, es ist rosa!" und Australien kam heraus, tränenüberströmt, aber lächelnd, und aß ihr Abendessen auf Mr. Bobs Knien.

Als die Kapazitätsgrenze bis aufs Äußerste ausgereizt war und Billy erklärt hatte, dass „er nicht mehr schlucken konnte, er wollte nur kauen", füllte Redding ihre Taschen mit Süßigkeiten und als Mrs. Wiggs nicht hinsah, Legen Sie ein Viertel in jede Hand. Dann klingelte er nach einer Kutsche, setzte sie trotz der Proteste von Mrs. Wiggs ein und wiederholte Billys Anweisungen bezüglich der genauen Lage des Kohlbeetes.

„Meine Güte, ist das nicht schön!" sagte Mrs. Wiggs und lehnte sich zum ersten Mal in ihrem Leben gegen die Kutschenkissen zurück, während Redding Europena neben sich hochhob.

„Wir haben eine schöne Zeit in unserem Leben verankert", sagte Asia. Es war das erste Mal, dass sie sprach, seit sie das Theater verlassen hatten.

„Lass mich oben hochfahren, Ma!" forderte Billy eifrig.

„Lass mich auch, lass mich!" kam aus dem verschlafenen Australien, der nicht wusste, welche neue Attraktion ihm geboten wurde, aber fest entschlossen war, nichts zu verpassen.

„In Ordnung, Billy; aber, Austry, Sie müssen bei Mama bleiben. Auf Wiedersehen, Mr. Bob, und vielen Dank – vielen Dank an alle!"

Redding stand an der Ecke, wo sie ihn zurückgelassen hatten, und das Lächeln erstarb aus seinem Gesicht. Innerhalb eines Blocks herrschte eine fröhliche Menschenmenge und ein herzlicher Empfang; Auf der anderen Straßenseite befand sich das große Apartmenthaus, dessen dunkles und trostloses Fenster ihm nichts versprach. Einen Moment lang stand er unschlüssig da. „Es gibt bestimmt niemanden, der sich darum kümmert, wohin ich gehe", dachte er düster; dann kam plötzlich das Lächeln zurück. „Aber wenn ich Billy Wiggs Modell sein soll, gehe ich wohl besser ins Bett." Er rannte leichtfüßig über die Straße und die breiten Steinstufen hinauf.

KAPITEL VIII
FRAU. Perücken zu Hause

„Sie hatte eine sonnige Natur, die wie
eine Blume an einem dunklen Ort nach dem Licht suchte."

Am Weihnachtstag stand Lucy Olcott am Fenster der Bibliothek und ritzte müßig Initialen in die frostige Scheibe. In der Nähe stand ein Tisch voller schöner Geschenke, und ein großer Strauß langstieliger Rosen auf dem Klavier erfüllte den Raum mit Duft. Aber Lucy fand die trostlose Aussicht draußen offenbar etwas Angenehmeres. Sie war tief in Gedanken versunken, als sich die Tür öffnete und Tante Chloe mit einem Korb und einem Zettel hereinkam.

Die alte Schwarze grinste, als sie den Korb auf den Boden stellte. „Vielleicht wusstest du es, es wuz fum dem Wiggses", sagte sie.

Lucy öffnete den Zettel und las: „Sehr geehrte Frau Lucy, der Korb mit Tüchern und Kleinigkeiten ist gekommen. Wir waren sehr dankbar, und Asia trug das rote Kleid zur Soschul und hatte so viel Freude an ihrem Leben. Ich wünschte, Sie könnten hingehen. Billy hat gefallen." Sein Hock und Ladar und Romcandons möchten Ihnen ein Crismas-Durcheinander von allem schicken, was wir zum Leben mitbringen. Es sind zwei Kühe, Zwiebeln, Termater, ein Glas Essig und ein Glas Perserv Die Grüße vom letzten Sommer waren cin wenig verrottet, also habe ich sie billig bekommen. Ich schicke Ihnen etwas von allem, was wir bekommen haben, danke für Ihre freundlichen Gefühle. FRAU WIGGS.

„Segne ihr altes Herz!" rief Lucy; „Das ist die größte Witwenmilbe, die ich je gesehen habe. Stell den Korb dort zu meinen anderen Geschenken, Tante Chloe; es ist sie alle wert."

Sie ging zum Feuer und hielt ihre Hände an das freundliche Feuer; In ihren Augen lag ein unruhiger, unzufriedener Ausdruck, der nur allzu deutlich bewies, dass ihr Weihnachtsfest kein glückliches war.

„Ich wünschte, es wäre Nacht", sagte sie. „Ich hasse Weihnachtsnachmittage! Mutter schläft; es ist zu früh für Anrufer. Ich glaube, ich gehe zum Kohlbeet."

Tante Chloe streckte die Lippe vor und verdrehte abfällig die Augen.

„Tu es nicht, Schatz. Was willst du damit machen, dass du weißen Müll für dich hast?

„Belästige die alte Partei!" sagte Lucy ungeduldig. Schon als kleines Mädchen hatte sie begonnen, Tante Chloe nicht zu gehorchen.

Eine Viertelstunde später stapfte sie durch den Schnee, ihre Wangen glühten und ihre Stimmung stieg. Die Wiggses waren zwar immer interessant, hatten aber in letzter Zeit eine neue Bedeutung erlangt. Seitdem sie sie mit Robert Redding in der Theaterlobby gesehen hatte, hatte sie es für nötig gehalten, dem Cabbage Patch mehrere Besuche abzustatten, und das Hauptgesprächsthema war Mr. Bob gewesen: wie er sie zur Show mitgenommen hatte; hatte Billy zu seinem Bürojungen gemacht; hatte ihnen ein Fass Äpfel geschickt und würde sie eines Tages besuchen kommen. Lucy hatte dieser Flut an Informationen mit äußerer Ruhe und innerer Erregung zugehört.

Als sie heute das Tor der Wiggs betrat, wurde sie von einem Schrei begrüßt. Billy ließ sich vom Dach des Hühnerstalls herunter und rannte vorwärts.

„Diese römischen Kerzen waren nicht gut!“ er weinte. „Einer von ihnen ist zu früh kaputt gegangen und hat mir fast die Hand abgerissen.“

„Oh nein, das hat es nicht, Miss Lucy!“ sagte Mrs. Wiggs, die ihr entgegengeeilt war. „Diese römischen Candons waren in Ordnung. Billys Hand war nicht so schwer verletzt, dass er nicht mit seinem Gummibogenwerfer schießen und Miss Krasmiers Windenscheibe zerbrechen konnte. Ich werde froh sein, wenn morgen kommt und er zurückkommt.“ „Komm einfach rein“, fuhr sie fort. „Asia, entstaube ein Dankeschön für Miss Lucy. Das ist richtig. Jetzt helfe ich dir mit deinen Sachen.“

„Lass mich den Muff festhalten!“ rief Australien.

„Nein, ich – ich!“ schrie Europena.

Es kam zu einem Ansturm in der Mitte, bei dem dem Muff die sofortige Vernichtung drohte. Der Schiedsrichter mischte sich ein.

„Australia Wiggs, du setzt dich mit dem Gesicht zur Wand in die Ecke. Europena, komm her!“ Sie nahm das weinende kleine Mädchen auf ihren Schoß und sah ihr streng in die Augen. „Wenn du in dieser Minute nicht still bist, verhaue ich deine Puppe!“

Die schreckliche Drohung genügte. Frau Wiggs hatte vor langer Zeit die wirksamste Art entdeckt, Europena zu bestrafen.

Als der Frieden wiederhergestellt war, sah sich Lucy um. In jedem Fenster lag ein Stück Stechpalme, das mit etwas rotem Kattun zusammengebunden war, und auf dem teilweise abgeräumten Tisch sah sie die Überreste eines echten Weihnachtsessens.

„Wir hatten heute ein großartiges Abendessen“, sagte Mrs. Wiggs und folgte ihrem Blick. „Mr. Bob hat den Truthahn geschickt; wir haben alles gegessen, was wir wollten, und für den Rest der Woche bleibt nichts mehr übrig, einschließlich Haschisch und Suppe und so weiter. Asia sagt, sie wird es verstecken, so gut ich kann." „Verrate nichts mehr. Übrigens, merkst du, was Asia macht?"

Lucy ging zum Fenster, wo Asia eifrig arbeitete. Dieses schweigsame kleine Mädchen mit ihrem alten, ernsten Gesicht und den klugen Fingern war ihr Liebling unter den Kindern.

"Was machst du?" fragte sie, als das Kind einen Pinsel in eine der drei Dosen tauchte, die vor ihr standen.

„Sie malt ein Bild", verkündete Mrs. Wiggs stolz. „Es sah aus, als wäre sie total verrückt nach Bildermalerei, und ich sagte: ‚Nun, Asia, wenn du dich entschieden hast, Künstlerin zu werden, musst du es wohl auch sein.' Es scheint, als wäre es nicht richtig, wenn Leute ständig Bilder abwaschen und aufräumen. Also ging ich in ein Geschäft und holte mir etwas Farbe, um damit Bilder zu malen. Und sie wollten siebzig Cent für eine kleine Kiste voll. Ist das nicht ein gewaltiger Haufen, Miss Lucy, für die Herstellung von Blumen, Bäumen und anderen Dingen? Ich weiß es nicht, aber ich bin nach Hause gekommen und habe mir drei Blechdosen geholt und sie zu Mr. Beckers Lackiererei mitgenommen, und er hat mir ein bisschen Rot und Blau eingeschenkt, und ich habe nur berechnet Ich habe einen Cent und einen Pinsel hineingeworfen. Ich werde dir einige ihrer Sachen zeigen.

Das war nicht nötig, denn in jede Richtung, in die Lucy schaute, wurden ihre Augen mit Exemplaren von Asias Handwerkskunst begrüßt. Auf dem Fußbrett des Bettes hing ein Zweig von Blumenkohl, der Blechkessel war von einem Kranz aus impressionistischen Rosen umgeben, und auf der Fensterscheibe war ein Stück überaus goldener Goldrute in einer zuvorkommenden Kurve gebogen, um Ordnung zu schaffen um den Riss im Glas abzudecken.

„Es ist absolut wunderbar!" sagte Lucy mit völliger Wahrhaftigkeit.

„Ist es nicht?" sagte Mrs. Wiggs mit dem ehrfürchtigen Ton, den man in der Gegenwart eines Genies anwendet. „Manchmal kann ich meinen Augen nicht trauen, wenn ich sehe, was meine Kinder tun! Sie haben ihre Erziehung nach Mr. Wiggs geerbt; er war so klug und gehörte zu einer so feinen Familie. Warum, Mr. Wiggs hatte echtes Indianerblut in seinen Adern; sein Großvater war ein Squaw – ein Vollblut-Indianer!"

Lucy gab sich große Mühe, ein ernstes Gesicht zu bewahren, als sie fragte, ob Asia ihm ähnlich sehe.

"Oh nein, nein!", fuhr Mrs. Wiggs fort. "Er war ein blonder Typ mit richtig dunkler Haut. Ich erinnere mich, als er mir den Hof machte, dachten die

Leute, er wäre ein Dago. Pa war damals nicht gerade wohlhabend." Mrs. Wiggs benutzte nie Superlative für Unglücke. "Er musste sich um viele von uns kümmern, und nachdem Mr. Wiggs ungefähr zwei Wochen mit mir zusammen war, kam er eines Nachts mit einer Ladung Kohle und Brennholz angefahren und rief Pa zum Zaun. 'Mr. Smoot', sagte er, 'solange ich Ihrer Tochter den Hof mache, sollte ich wohl das nötige Feuer dafür liefern. Wenn es Ihnen nichts ausmacht', sagte er, 'werde ich diese Wagenladung Brennmaterial einfach in den Kohlenschuppen stellen. Ich schätze, wenn es aufgebraucht ist, wird Nance meiner Meinung sein.' Und das war ich!" fügte Mrs. Wiggs lachend hinzu.

Normalerweise fand Lucy endlose Abwechslung darin, den Familienerinnerungen zu lauschen, aber heute beschäftigte sie ein anderes Thema.

„Wie geht es Billy?" Sie fragte.

„Jes geht's gut!" sagte Frau Wiggs; „Nur, dass er nachts tot nach Hause kommt. Ich gebe ihm Geld zum Reiten, aber letzte Woche hat er jeden Tag seinen Nickel ausgegeben."

„Wer – wer hat jetzt die Verantwortung für ihn?" Lucy errötete über ihre List.

„Mr. Bob", sagte Mrs. Wiggs; „Er ist der Herr, der uns zum Abendessen eingeladen hat. Er hat Geld. Asia sagte, er gebe dem Nigger-Kellner einen Vierteldollar. Billy ist verrückt nach Mr. Bob und sagt, er wird genauso sein wie er, wenn er groß ist." Er wird es auch tun, wenn er sich darauf einlässt! Aber er hat nie die großen braunen Augen und weißen Zähne, die Mr. Bob hat, und wenn Mr. Bob lächelt, zerreißt das irgendwie sein ganzes Gesicht.

Lucys Augen waren auf den Mammutschmetterling gerichtet, an dessen schillernden Flügeln Asia gerade den letzten Schliff gab, aber ihre Gedanken waren weit weg.

„Ich wünschte, du könntest ihn sehen!" fuhr Mrs. Wiggs begeistert fort.

"Ich wünschte, ich könnte!" sagte Lucy mit solcher Inbrunst, dass Mrs. Wiggs unterwegs stehen blieb, um auf ein Klopfen an der Außentür zu antworten.

Es gab ein Scharren von Füßen im Gang.

„Ich bin durch das ganze Land gefahren und habe nach dir gesucht", sagte eine Männerstimme. „Ich habe ein paar Weihnachtsfallen für die Kinder."

Lucy stand hastig auf und drehte sich gerade um, als Redding eintrat.

„Herr Bob, das ist Miss Lucy", verkündete Mrs. Wiggs triumphierend; „Sie dachte nur, sie würde dich gerne sehen."

Wenn ihm ein blauäugiger Engel direkt von den Gipfeln des Paradieses präsentiert worden wäre, hätte Redding nicht verblüffter und entzückter sein können.

Aber für Lucy war es ein Moment großer Trauer und Verlegenheit. Während des langen Schweigens des vergangenen Jahres hatte sie sich eingeredet, dass Redding sich nicht mehr um sie kümmerte. Ihm auf diese Weise aufgedrängt zu werden, war unerträglich. Das ganze Blut in ihren Adern schoss ihr ins Gesicht.

„Wissen Sie, wo mein Muff ist, Mrs. Wiggs?" fragte sie nach einer formellen Begrüßung.

„Oh! Du gehst nicht hin?" fragte die Gastgeberin besorgt. „Ich wollte, dass ihr euch alle kennenlernt."

„Ja, ich muss gehen", sagte Lucy hastig, „wenn du meinen Muff finden willst."

Sie stand nervös da und zog ihre Handschuhe an, während Mrs. Wiggs nach dem verlorenen Eigentum suchte. In ihrem Herzen herrschte ein ohrenbetäubender Aufruhr, und obwohl sie sich auf die Lippen biss, um nicht zu lachen, standen ihr die Tränen in den Augen.

„Austry liegt unter dem Bett", verkündete Europena, die sich der Suche angeschlossen hatte.

„Das bin ich nicht!" kam in schrillem, empörtem Ton, als Mrs. Wiggs den Täter herauszerrte und den Muff zurückgab.

„Darf ich Sie zur Allee fahren? Ich gehe dorthin." Es war Reddings Stimme, aber sie klang seltsam und unnatürlich.

„Oh nein! Nein, danke", keuchte Lucy, die kaum wusste, was sie sagte. Ihre einzige Idee war, wegzukommen, bevor sie völlig zusammenbrach.

Redding hielt die Tür offen, als sie ohnmächtig wurde. Sein Gesicht war kalt, ruhig, unergründlich; kein Zucken des Mundes, kein Zucken der Lider, aber das Licht verschwand aus seinen Augen und die Hoffnung erstarb in seinem Herzen.

Mrs. Wiggs stand da und beobachtete die Szene verwirrt.

„Ich weiß nicht, was Miss Lucy geplagt hat", sagte sie entschuldigend; „Ich hoffe, es waren nicht die Zahnschmerzen."

KAPITEL IX
Wie der Frühling ins Kohlbeet kam

„Die Straßen, die Wälder, die Himmel, die Hügel
sind heute keine Welt – sondern nur ein Ort, den Gott für uns geschaffen
hat, an dem wir spielen können."

Als der letzte Schnee des Winters geschmolzen war und das Wasser an der Eckpumpe nicht mehr gefroren war, verloren die Allmende ihr hartes, braunes Aussehen und stattdessen erschien ein sanfter grüner Schimmer. Es gab nicht viele Möglichkeiten zu sagen, wann der Frühling im Cabbage Patch kam; Keine Bäume schüttelten ihre freudigen kleinen Willkommensblätter, keine Anemonen und Schneeglöckchen überbrachten die sanfte Botschaft, selbst die Vögel, die aus dem Südland angeflogen waren, eilten vorbei, ohne auch nur ein Grußzwitschern zu hören.

Aber das Cabbage Patch wusste trotzdem, dass es Frühling war; etwas flüsterte es in der Luft, ein Dutzend kleiner Zeichen verrieten das Geheimnis; In den Zaunecken schossen Unkräuter aus dem Boden, in den Pfützen, die vor ein paar Monaten noch mit Eis bedeckt waren, spiegelten sich jetzt Teile des blauen Himmels, und das schönste Zeichen von allem war der helle, warme Sonnenschein, der sich an die Erde schmiegte, als wollte er sie erwidern wieder in Schönheit und Leben.

Eines Nachmittags stand Mrs. Wiggs an ihrem Tor und unterhielt sich mit Redding. Es war das erste Mal seit Weihnachten, dass er dort war, denn sein erster Besuch war zu schmerzhaft gewesen, als dass er den Wunsch geäußert hätte, ihn zu wiederholen.

„Ja, in der Tat, Billy kann gehen", sagte Mrs. Wiggs gerade. „Ich bin sehr froh, dass Sie ihn nach Hause gefahren haben, um seinen guten Mantel anzuziehen. Er war noch nie auf dem Messegelände; es wird eine große Freude sein. Wie geht es Mr. Dick heute?"

„Nicht besser", sagte Redding; „Er hat die ganze Nacht gehustet."

„Er hat gerade ein Nickerchen gemacht, als ich heute Morgen aufräumen ging", sagte Mrs. Wiggs, „also habe ich ihn nicht gestört. Er ist nicht mehr lange weg, Porenmensch!"

„Nein, armer Kerl", sagte Redding traurig.

Mrs. Wiggs bemerkte den Schatten auf seinem Gesicht und wechselte schnell das Thema. „Was halten Sie von Asias Zaun?", fragte sie.

"Was ist damit?"

"Sie hat es selbst gemacht", sagte Mrs. Wiggs. "Das und den Bürgersteig auch. Mrs. Krasmiers Ziege hat letztes Jahr ihre Blumen gepflückt, und dieses Jahr wollte sie es anders machen. Chris Hazy, der Junge dort drüben mit dem Pflock, hat ihr geholfen, die Pfostenstämme auszugraben, aber den Rest hat sie selbst gemacht."

„Na, sie ist ja ganz schön schlau!", sagte Redding fast ungläubig, als er den Zaun und den Gehweg untersuchte. „Wie alt ist sie?"

„Vierzehn, bald fünfzehn. Asia, komm her."

Das Mädchen verließ das Blumenbeet, das sie gerade umgrub, und kam nach vorne.

„Kein sehr großes Mädchen, oder?" sagte Redding und lächelte sie an. „Wie würde es Ihnen gefallen, in die Fliesenfabrik zu gehen und das Dekorieren zu lernen?"

Ihr ernstes Gesicht leuchtete vor großer Begeisterung; Sie vergaß ihre Schüchternheit und sagte eifrig: „Oh ja, Sir! Könnte ich?"

Bevor Redding antworten konnte, unterbrach Mrs. Wiggs:

„Sie würden einen Künstler anheuern, Mr. Bob! Ihre Finger tun alles. Letzten Herbst hat sie das kleine Gewächshaus aus alten Brettern gebaut und es den ganzen Winter über voller Blumen gehalten; eine Lampe hineingesteckt." Während der Kälteperiode kannst du dir die Dinge ansehen, die sie gemalt hat. Und sie könnte etwas von dem Schlamm unter den Füßen dieses Mädchens ertragen, sodass es so sehr wie du aussieht welches war welches.

Billys Erscheinen in diesem Moment rettete Redding vor der sofortigen Schande.

„Du kommst morgen früh mit Billy ins Büro", rief er Asia zu, als sie losgingen; „Wir werden sehen, was getan werden kann."

Asia widmete sich wieder voller Tatendrang ihrem Graben; Die Aussicht auf Arbeit, darauf, zu lernen, wie man Dinge richtig macht, und vor allem darauf, malen zu lernen, erfüllte sie mit Glück.

„Wenn ich du wäre, würde ich das Bett in Form eines Sterns machen", unterbrach ihre Mutter ihre Ablehnung. „Warum machst du daraus nicht einen Maurerstar? Dein Vater war ein guter Maurer; das wäre eine Art Kompliment für ihn."

„Wie ist ein Maurerstar?" fragte Asien.

„Nun, jetzt bin ich mir nicht ganz sicher, ob es fünf oder sechs Punkte hat. So oder so reicht es. Landet lebendig, ich glaube, da kommt Miss Lucy!"

Lucy Olcott war in letzter Zeit eine häufige Besucherin. Durch Mrs. Wiggs hatte sie Interesse an Mrs. Schultz geweckt und kam oft vorbei, um der bettlägerigen alten Dame vorzulesen. Hier hörte sie natürlich viel über die Eichorns, die Elite des Cabbage Patch, deren häusliche Unglücklichkeiten das Hauptinteresse an Mrs. Schultz' Leben bildeten. Lucy hatte sich auf den dringenden Wunsch des Kranken sogar auf einen Stuhl gesetzt, um die Einmachgläser in der Speisekammer von Eichorn zu zählen. Später hatte sie Miss Hazy kennengelernt, die geduldige kleine Frau in Schwarzweiß, deren ganzes erbärmliches Dasein eine Entschuldigung war, obwohl es ein Protest hätte sein können.

Tatsächlich wurde Lucy zu einer wichtigen Persönlichkeit in der Nachbarschaft. Sie wurde um Rat gefragt, um Trost gebeten und gebeten, viele Freuden zu teilen. Ihre Annäherung wurde normalerweise durch einen Ruf angekündigt: „Das ist sie!" und sie wurde stets von einer Wache zerlumpter, aber hingebungsvoller Jugendlicher über das Gelände eskortiert. Und die Freundschaft dieser einfachen Menschen öffnete ihr die Augen für die großen Probleme der Menschheit, und während sie unter ihnen arbeitete und das Leben so kannte, wie es war, erblühte die harte kleine Knospe ihrer Kindheit zur großen, sanften Rose der Weiblichkeit.

„Haben Sie Mr. Bob oben auf der Straße nicht getroffen?" fragte Mrs. Wiggs, als sie in die Küche ging. „Er und Billy sind noch übrig und gehen auf das Messegelände. Mr. Bob ist von Natur aus der beste Mann, den ich je gesehen habe, Miss Lucy! Hat das größte Herz und tut immer etwas Nettes für die Leute." .Jes' redet jetzt darüber, Asia einen Platz in der Fliesenfabrik zu verschaffen, wenn er dich mit den Vilets in deinem Gürtel zersägt hätte Rosen in deinen Wangen, ich wette, er wäre nicht gegangen.

„Oh ja, das würde er!" sagte Lucy mit Nachdruck. „Meine Rosen gefallen Mr. Bob nicht."

„Nun, ihm gefallen jedenfalls deine Augen", sagte Mrs. Wiggs, entschlossen, ihren Standpunkt durchzusetzen.

"Wer hat das gesagt?" forderte Lucy.

„Das hat er. Ich habe ihn gefragt. Ich sagte, es wären ganz normale Sternenaugen, sie strahlen blau und die schwarzen Wimpern strahlen rundherum aus, und er hat gesagt, ja, das sei der richtige Name für sie – Sternenaugen." ."

Als Lucy sich abwandte, lag ein Nebel über den Sternenaugen.

„Das stimmt, direkt da unten neben der Winde. Es ist heute so schön draußen, dass man sich auf dem Rücken gut fühlt."

„Ich glaube, das denkst du immer", sagte Lucy und zog ihre Handschuhe aus. „Machst du dir nie Sorgen wegen Dingen?"

Mrs. Wiggs wurde ernst. „Ich bin die ganze Zeit einsam mit Jimmy", sagte sie einfach. „Manche Leute gehen sofort unter, wenn es Ärger gibt, aber ich trage mein Fell ruhig."

„Ich meine nicht trauern", sagte Lucy; „Ich meine, dass man sich Sorgen macht und sich Sorgen macht."

„Nun ja", gab Mrs. Wiggs zu und nahm ein heißes Eisen vom Herd, „das habe ich auch gemacht. Ich erinnere mich, dass ich im letzten Winter einmal krank geworden bin und mich wegen der Kinder belästigen musste." Das würde ich tun, wenn ich sterbe. Sie hatten kein Geld im Haus, und sie wussten nicht, wohin sie es bringen sollten. Eines Nachts lag ich da und machte mir große Sorgen . Als es mir so elend ging, fragte ich den Herrn, was ich tun sollte, und er ließ es zu. Ihr Ton und ihre Art waren absolut überzeugt . „Nächsten Morgen", fuhr sie fort, „wenn ich bald konnte, ging ich zur Krankenstation und ging zum Chefarzt."

„‚Doktor‘, sage ich, ‚kaufen Sie keine Leichen?‘

„‚Ja‘, sagt er, er sieht irgendwie lustiger aus.

„‚Nun‘, sagte ich, ‚ich möchte meine verkaufen.‘

„Dann habe ich ihm alles erzählt und ihn gefragt, ob er nicht meinen Körper nehmen würde, nachdem ich gegangen war, und das Geld den Kindern geben würde."

„‚Würden Sie es schriftlich festhalten‘, sagte er.

„‚Ja‘, sagte ich, ‚wenn du das Gleiche tust.‘

„Also stellte er die Papiere auf, und wir unterschrieben beide, und ein Mann mit einem Rückgrat im Rücken und eine Dame mit Rheuma waren Zeugen davon. Sie sehen also", schloss Mrs. Wiggs, „ich bin nicht gestorben." Merken Sie sich meine Worte, es nützt nie, den Regenschirm aufzuspannen, bis es regnet!"

Lucy lachte. „Nun, Sie praktizieren auf jeden Fall, was Sie predigen."

„Nicht immer", sagte Mrs. Wiggs. „Ich fürchte, ich mache mir Sorgen um Mr. Wiggs. Die letzten Worte sagt er ziemlich oft —" Hier hielt Mrs. Wiggs eine imaginäre Flasche an ihre Lippen und zwinkerte Lucy vielsagend zu. Selbst im strengsten Vertrauen konnte sie es nicht ertragen, über die Schwäche der Verstorbenen zu sprechen.

„Aber egal wie schlecht er war, er hat immer versucht, es besser zu machen. Mr. Dick erinnert mich dabei an ihn."

„Wer ist Herr Dick?“

„Er ist Mr. Bobs Freund. Bleibt in seinem Zimmer, seit er abgesetzt wurde.“

„Ist Mr. Redding krank?“ fragte Lucy, als die Farbe plötzlich aus ihrem Gesicht verschwand.

„Nein, es ist Mr. Dick; er ist erschöpft. Ich räume jeden Morgen sein Zimmer auf. Er hustet die ganze Zeit, genau wie Mr. Wiggs. Neulich hatte er einen heftigen Anfall, als ich dort war. Ich wollte scheißen Er gab ihm etwas Whisky, aber er schüttelte den Kopf. „Ich bin auf dem Wasserwagen“, sagte er. Er ist nicht dicker als die Stricknadel und schwächer als das Wasser. Er sitzt neben dem Wickler, ganz auf Säulen gestützt, und sieht ihm nie in die Augen Und als Mr. Bob hereinkommt und sich neben ihn setzt und ihm erzählt, was los ist, macht ihm ein Scherz einen Streich, als würde er gleich loslegen Nichts, Mr. Bob. Er legt großen Wert auf ihn. Das ist auch richtig, dass es falsch ist, alles in dir festzuhalten „Beeressig: Wenn Sie Lust darauf haben, sie zu verwenden und sie weiterhin aufzubewahren, ist das erste, was Sie wissen, dass sie verdampft sind!“

Lucys Erfahrung hatte das Gegenteil bewiesen, aber sie lächelte Mrs. Wiggs tapfer an, mit einer neuen Zärtlichkeit im Gesicht.

„Du hast mir viele Dinge beigebracht!“ sagte sie impulsiv. „Du bist eine der besten und glücklichsten Frauen, die ich kenne.“

„Nun, ich schätze, ich bin bei weitem nicht der Beste, aber ich bin vielleicht der Glücklichste. Und ich habe Grund dazu: vier der klügsten Kinder, die je gelebt haben, ein schönes Haus, einigermaßen mittelmäßig gesund Ich habe kein Rheuma, und die Leute geben sich immer alle Mühe, gut zu einem zu sein. Ist das nicht genug, um einen Menschen am 4. Juli glücklich zu machen? Ich bin der Meinung, dass es keinen Sinn hat, früher als je zuvor zu sterben. Ich glaube nicht, dass man so viel Gutes im Leben haben kann Dass ich mir jemals vorgenommen habe, nach Glück zu suchen; es scheint, als ob die Leute, die das tun, es nie finden, wo der gute Gott mich hingestellt hat, und es sieht so aus, als hätte ich ein glückliches Gefühl in mir „meistens die ganze Zeit.“

Lucy saß eine Weile schweigend da und blickte aus dem Fenster. Die Philosophie von Frau Wiggs zeigte Wirkung. Dann erhob sie sich und band das Bündel los, das sie in der Hand hielt.

„Hier ist ein Kleid, das ich für Asien mitgebracht habe“, sagte sie und schüttelte die Falten eines weichen Krepons aus.

„Umph, uh! Ist das nicht großartig?“ rief Mrs. Wiggs und kam hinter dem Bügelbrett hervor, um es zu untersuchen. „Es scheint ein Glücksfall zu sein, dass dein Herkunftsland zu Asien passt, und dass Asiens Land zu Österreich passt; es gibt auch keine Anzeichen dafür, dass sie weitergegeben wurden! Wir sind alle direkt nach dir modelliert, aber es sieht so aus, als wäre Asien das Einzige." Einer, der zu deinem Stil passt. Oh, musst du gehen?" fügte sie hinzu, als Lucy ihre Handschuhe aufhob.

„Ja, ich habe Frau Schultz versprochen, ihr heute Nachmittag vorzulesen."

„Nun, kommen Sie auf dem Rückweg vorbei – ich halte ein kleines Geschenk für Sie bereit." Es war ein ungeschriebenes Gesetz, dass kein Gast ohne ein Geschenk abreisen sollte. Manchmal war es eines von Asias Gemälden, wieder war es eine Packung Sonnenblumenkerne oder eine Flasche Essig, und einmal hatte Lucy vier Kürbisse und einen Strauß Papierrosen mit nach Hause genommen.

„Ich erkläre, dass ich niemals arbeiten werde, wenn das Wetter mithält!" sagte Mrs. Wiggs, als sie das Tor offen hielt. „Wenn ich nicht so aufgedreht wäre und niemand hinsehen würde, würde ich wie ein Fohlen durch diesen Hof huschen!"

Kapitel X
Australiens Missgeschick

„Es ist eine Sache, in Versuchung zu geraten, und
eine andere, zu fallen."

Während des langen, sonnigen Nachmittags sang Mrs. Wiggs beim Bügeln,
und Asia arbeitete fleißig in ihrem Blumenbeet. Um die Ecke des Schuppens,
der Kuba als Wohnstätte diente, backten Australia und Europena
Schlammkuchen. Frieden und Harmonie herrschten in diesem schäbigen
Garten Eden, bis die Versuchung eintraf und die Schwächsten fielen.

„Es macht keinen Spaß, wenn ich weiterhin Schlammkuchen backe",
verkündete Australien, nachdem genug Teig hergestellt worden war, um eine
Miniaturbäckerei zu eröffnen.

„Ich wünschte, wir könnten ein paar weiße Kuchen backen, wie es sie bei
Mr. Bagby gibt", sagte Europena.

„Könnte, wenn wir etwas Tünche hätten. Ich sage dir, was wir tun sollen!
Nehmen wir etwas von Asias Farbe, mit der sie den Zaun streichen wird, und
machen wir sie oben grün."

„Ma würde es nicht mögen", protestierte Europena; „Außerdem möchte ich
nicht, dass meine kleinen Kuchen grün sind."

„Das werde ich", sagte Australien und begann mit der Suche nach der
Farbdose. „Es wird nur ein kleines bisschen dauern; sie werden es nie
verpassen."

Nach einiger Zeit wurde der gesuchte Gegenstand auf einem Regal im
Schuppen entdeckt. Seine hohe Stellung steigerte seinen Wert und verlieh
ihm die grausame Faszination des Unerreichbaren.

„Könnten Sie sich wie der Mann bei der Show gegen meine Soldaten
stellen?" forderte Australien.

„Ich würde herunterfallen", sagte Europena.

„Angst-Katze!' verspottete ihre Schwester angewidert. „Glaubst du, du
könntest den Stuhl festhalten, während ich auf die Rückenlehne klettere?"

„Es hat keinen Boden."

„Nun, es muss keinen Boden haben, wenn ich auf dem Rücken stehen will",
sagte Australien scharf. Führungskräfte großer Unternehmen müssen
gegenüber entmutigenden Worten zwangsläufig taub sein.

„Du könntest getötet werden", beharrte Europena.

„Das würde keine Rolle spielen", sagte Australien hochmütig; „Es würde nicht anders sein als das siebte Mal. Ich musste noch dreimal sterben. Bevor du geboren wurdest, wurde ich auf dem Land ertränkt, das war ein einziges Mal; dann fiel ich in die Aschefass und war tot, das ist zwei Mal; und dann habe ich die Ofenpolitur genommen, das ist vier Mal, aber das nächste Mal wird es sieben sein getötet, bis es achtmal ist, dann werde ich die ganze Zeit brav sein, denn wenn du neunmal tot bist, stecken sie dich in ein Loch und bewerfen dich mit Dreck!"

Australien war so in ihre Reinkarnationstheorie vertieft, dass sie die Farbe vergessen hatte, aber der bodenlose Stuhl erinnerte sie daran.

„Jetzt leg dich auf den Stuhl, Europena, und ich klettere hoch", befahl sie.

Europena, obwohl sie sich heftig gegen das Vorhaben wehrte, wollte ihren Anführer in einem kritischen Moment nicht im Stich lassen. Sie hatte ihren Protest geäußert und vergeblich versucht, den Lauf der Ereignisse aufzuhalten; jetzt blieb ihr nichts anderes übrig, als zu kämpfen oder zu sterben. Tapfer stemmte sie ihren kleinen Körper über den Rahmen des Stuhls und Australia begann ihren gefährlichen Aufstieg.

Cuba wirkte leicht erstaunt, als die rundliche Gestalt des kleinen Mädchens über seiner Futterkrippe erschien.

„Ich hab's fast!", rief Australien, streckte sich so hoch wie möglich und steckte ihren Zeigefinger über den Rand der großen Dose.

Zu diesem Zeitpunkt nieste Kuba, dessen Nase zweifellos von Australiens Schürzenkordel gekitzelt worden war. Europena spürte, dass Vergeltung auf sie wartete, und floh entsetzt. Da der Ballast vom Stuhl entfernt wurde, war das Ergebnis unvermeidlich. Ein Krachen, eine heterogene Kombination aus kleinem Mädchen, grüner Farbe und zerbrochenem Stuhl, dann eine Reihe von Schreien, die den Pfeifen an Silvester ähnelten!

Redding war der Erste, der rettete. Er hatte Billy gerade zum Tor gefahren, als die Schreie begannen, und mit einem Satz war er aus dem Buggy und eilte zum Ort der Katastrophe. Das Bild, das sich seinen Augen bot, verblüffte ihn. Australien lag wild schreiend in einer Lache aus grünem Blut; Europena hüpfte neben ihr auf und ab und rief wild nach ihrer Mutter, während Cuba mit aufgerichteten Ohren und einer grünen Flüssigkeit, die ihm über die Nase lief, das Wrack streng beäugte. Einen Augenblick später hatte Redding Australien in seinen Armen und wischte ihr die Farbe aus Gesicht und Haaren.

„So, so, kleine Schwester, du bist nicht sehr verletzt!" sagte er, als Mrs. Wiggs und Asia hereinstürmten.

Der angerichtete Schaden war eher äußerlich als innerlich, und nachdem sie sich vergewissert hatte, dass keine Knochen gebrochen waren, stellte Mrs. Wiggs ein Bergungskorps zusammen.

„Ziehen Sie Ihren Mantel hier draußen aus, Mr. Bob, und ich werde Austrys Kleid ausziehen. Das sind die schlimmsten, außer ihren Zöpfen. Jetzt gehen wir alle in die Küche und sehen, was für Verwandte da sind." tat."

Nun verfügte das Schicksal, oder vielleicht war es der Kinderwagen am Tor, dass Lucy Olcott gerade in dem Moment, als sie um die Ecke des Hauses bogen, den Weg heraufkommen sollte. Einen Moment lang stand sie verwirrt da, als sie den Anblick sah, der sich ihr bot. Redding führte Australien in Hemdsärmeln an der Hand; Das kleine Mädchen trug einen Unterrock aus rotem Flanell, und über ihr Gesicht und ihre Hände und über die gesamte Länge ihrer flachsfarbenen Zöpfe liefen klebrige Streifen hellgrüner Farbe.

Unwillkürlich sah Lucy Redding erklärungsbedürftig an und beide lachten.

„Ist es nicht ein Glück, dass ihr Hinterkopf nicht ganz vorne war?" sagte Mrs. Wiggs und kam herauf; „Es könnte ihr die Augen ausstechen. Porchile, sie sieht aus wie eine Mollygraw! Komm rein, dann machen wir uns an die Arbeit."

Billy wurde losgeschickt, um Terpentin zu holen; Lucy, die eine Schürze um sich gebunden hatte, begann mit Operationen an Australiens Haaren, während Redding hilflos daneben saß und darauf wartete, dass Mrs. Wiggs seinen Mantel vorzeigbar machte.

„Ich fürchte, ihre Haare müssen geschnitten werden", sagte Lucy reumütig, während sie ein wirres gelbes und grünes Knäuel hochhielt.

„In Ordnung", sagte Mrs. Wiggs prompt. „Was immer du sagst, ist in Ordnung."

Aber Australien fühlte sich anders; Ihr Schluchzen, eine Zeit lang unterdrückt, brach erneut aus.

„Ich lasse mir nicht die Haare abschneiden!" sie weinte. „Jes, lass es hier weg."

befahl Mrs. Wiggs und Lucy flehte vergebens. Schließlich stellte Redding seinen Stuhl vor das kleine Mädchen.

„Australien, hör mir doch mal einen Moment zu, nicht wahr? Bitte!"

Sie legte ein Auge frei.

„Du würdest doch keine grünen Haare wollen, oder?"

Ein heftiges Kopfschütteln.

„Nun, wenn Sie Miss Olcott all diese hässlichen grünen Haare abschneiden lassen und den hübschen Locken die Chance geben, nachzuwachsen, gebe ich Ihnen – mal sehen, was soll ich Ihnen geben?“

„Ein Puppenwagen und Geschirr“, schlug Europena vor, die daneben stand.

„Ja“, sagte er, „Puppenwagen und Geschirr und noch einen Dollar dazu!“

Dieser Großzügigkeit war nicht zu widerstehen. Australien ließ sich im Hinblick auf die künftige Abschwächung des Windes scheren.

„Sie waren früher ein Pferdetrainer, Mr. Bob“, sagte Mrs. Wiggs bewundernd, als die Tat vollbracht war; „Deine Stimme bringt die Leute dazu, Dinge zu tun!“

„Nicht jeder, Mrs. Wiggs“, sagte er grimmig.

„Wohin ist Billy wohl mit dem Turkentin gegangen? Ich erkläre, dass es gut wäre, diesen Jungen nach Ärger zu schicken! Oh, du wirst nicht versuchen, ihn so zu tragen?“ sagte sie, als Redding darauf bestand, seinen Mantel anzuziehen.

Als er sich zur Tür umdrehte, berührte eine leichte Hand seinen Arm. Lucy löste die Veilchen an ihrem Gürtel und hielt sie ihm schüchtern entgegen.

„Wirst du sie bringen – zu Dick?“ sie geriet ins Stocken.

Er sah sie erstaunt an. Für einen Moment sagte keiner etwas, aber ihre Augen machten die Stille beredt; Sie erzählten das Geheimnis, das ihre Lippen nicht auszusprechen wagten. Es gibt Zeiten, in denen Erklärungen überflüssig sind. Redding warf seine Diskretion in den Wind und nahm ungeachtet von Wiggses und den Konsequenzen die „Christmas Lady“ in seine Arme und küsste das Jahr der Trauer und Trennung weg.

Erst als Mrs. Wiggs sah, wie ihre Falle in der Dämmerung verschwand, kam sie wieder zu ihrer Sprache zurück.

„Nun, es hat mich auf jeden Fall geschlagen!“ rief sie aus, nachdem sie sich erfolglos bemüht hatte, ihren Anstandsstandard wiederherzustellen. „Ich habe von ‚Malerkoliken‘ gehört, aber ich hätte noch nie gedacht, dass es mir in den Kopf steigt!“

KAPITEL XI
DER Benefiztanz

„Es gibt diejenigen, deren Herzen sich nach Süden neigen
und für den ganzen Mittag der Natur offen sind."

Ungeachtet der Tatsache, dass Katastrophen selten einzeln auftreten, kam es im Cabbage Patch erst am 4. Juli erneut zu einem Unfall.

Mrs. Wiggs hatte gerade Kleider aufgehängt und drehte sich gerade um, um den leeren Korb aufzuheben, als Billy in den Hof stürzte und wild schrie:

„Chris Hazy hat sich das Bein gebrochen!"

Mrs. Wiggs warf entsetzt die Hände hoch. „Gutes Land, Billy! Wo ist er?"

„Sie bringen ihn die Eisenbahnstrecke hinauf."

Mrs. Wiggs stürmte ins Haus. „Verraten Sie Miss Hazy nicht, bis wir ihn reingesteckt haben", warnte sie und schnappte sich ein Bündel Lumpen und eine Flasche Einreibemittel. „Pore chile! Wie weh es ihm tun muss! Ich renne die Strecke entlang und treffe sie."

Sie war atemlos und zitterte vor Aufregung, als sie bei Mrs. Schultz um die Ecke bog. Eine Schar Jungen kam mit einer Schubkarre den Weg herauf, in der Chris Hazy saß, der fröhlichste von allen, und ein Stück seines Holzbeins in der Luft wedelte.

Mrs. Wiggs wandte sich an Billy;

„Ich habe nie gelogen, Ma! Ich habe gesagt, dass er sich das Bein gebrochen hat", keuchte der Junge, so gut er konnte, um zu lachen, „und du fragst dich nie, welches. Oh, Jungs! Zieht euch in die Lumpen und Arniky!"

Ein solches Geschrei erklang, dass Mrs. Wiggs mit den anderen lachte, aber nur für einen Moment, denn sie sah, wie Miss Hazy auf sie zutaumelte, und sie eilte vorwärts, um ihre Angst zu lindern.

„Es ist sein Holzpflock!" Sie rief. „Peg-Stick!"

Diese Information brachte Miss Hazy keine Erleichterung, sondern löste einen neuen Tränenausbruch aus. Sie setzte sich mit der Schürze übers Gesicht auf die Strecke und schwankte hin und her.

„Es macht keinen großen Unterschied, welches es war", schluchzte sie; „Es wäre ungefähr so einfach, ein weiteres sicheres Bein zu bekommen, wie ein neues aus Holz. Das letzte hat sieben Dollar gekostet. Ich habe es genäht, gespart und gespart, um es zu bekommen, und jetzt ist es soweit -erwischt!"

Die Jungen standen schweigend mitfühlend da, und als niemand hinsah, wischte Chris sich die Augen an seinem Mantelärmel. Die Ankunft von Miss Hazy hatte ihre Sichtweise geändert.

Mrs. Wiggs war der Situation gewachsen.

„Jungs", sagte sie, und ihre Stimme hatte einen inspirierenden Klang, „ich sage euch, was wir tun sollen! Lasst uns heute Abend einen Benefiztanz veranstalten und Chris Hazy einen neuen Peg-Stick kaufen. Jeder Kerl, der will Um zu helfen, halte seine Hand hoch.

Ein Dutzend schmutziger Hände wedelten in der Höhe, und von allen Seiten kamen Hilfsangebote. Frau Wiggs erkannte, dass es jetzt an der Zeit war, ihren Enthusiasmus zu nutzen.

„Ich gehe gleich zurück zum Haus und sage Asia, dass sie die Tickets ausschreibt, und ihr Jungs verkauft zehn Stück pro Stück. Miss Hazy, ihr kommt vorbei und helft mir, das Haus fertig zu machen, und wir." Ich werde Chris dazu bringen, Lampenkamine zu reinigen.

Unter dieser fähigen Generalführung wurde die Arbeit bald in Angriff genommen; Die Jungen wurden mit den Eintrittskarten losgeschickt, und das Haus wurde in Ordnung gebracht – zumindest der Salon. Es hätte viele Tage gedauert, um die Ordnung in das Chaos wiederherzustellen, das gewöhnlich im Hause Wiggs herrschte.

„Asia, du hilfst mir, diese Fässer auf die Veranda zu rollen, und ich werde den Boden aufwischen", sagte Mrs. Wiggs. „Miss Hazy, schauen Sie sich in der Küche um und schauen Sie, ob Sie keine größere Kerze finden können. Scheint, als hätte ich eine in die Zuckerdose getan – das war's! Wenn Sie wollen, schneiden Sie sie jetzt auf." Alles klar, wenn ich fertig bin, kann ich es auf den Boden legen.

Als der Boden trocken war und die Kerze darüber gestreut war, wurden Australia und Europena angewiesen, darauf zu rutschen, bis er glitschig wurde.

„Würdest du jemals jemanden bitten, einen Jubelruf zu bringen, oder hättest du ihn schon hier?" fragte Frau Wiggs.

„Oh, lasst uns sie selbst mitbringen!" beharrte Asia, die an einem kirchlichen Gottesdienst teilgenommen hatte.

Also wurde eine Razzia in der Nachbarschaft durchgeführt und jeder verfügbare Stuhl ausgeliehen und an der Wand des Wohnzimmers aufgestellt.

Gegen Mittag meldeten die Jungen, dass die meisten Tickets verkauft seien, und Mrs. Wiggs erhielt das Geld, das sich auf sechs Dollar belief.

Da es ein Feiertag war, freuten sich alle, zum Tanz zu kommen, vor allem, weil der Erlös der kleinen Miss Hazy zugute kommen sollte.

Es drohte einst Ärger um die Musik; Einige wollten Onkel Tom, den alten Neger, der normalerweise bei den Tänzen herumfummelte, und andere zogen es vor, einheimische Talente zu unterstützen und Jake Schultz zu haben, dessen Akkordeon im Cabbage Patch rund um die Uhr zu hören war.

Mrs. Wiggs erzielte einen Kompromiss. „Sie wechseln sich ab", argumentierte sie; „Wenn einer müde wird, macht der andere gleich dort weiter, wo er oft aufgehört hat, und die jungen Leute schütteln die Füße, bis ihnen die Schuhe herunterfallen. Auch Onkel Tom und Jake sind um Längen besser als der Schlamm." -Dachrinnenbands, die durch die Straßen spielen.

„Ich wünschte, wir könnten den Garten etwas auf Vordermann bringen", sagte Asia, als im Wohnzimmer nichts mehr zu tun war.

„Ich habe eine japanische Laterne", schlug Miss Hazy zweifelnd vor.

„Genau das Richtige!" sagte Frau Wiggs. „Wir hängen es in die Vordertür. Billy baut eine Kürbislaterne, die er an den Zaun hängen kann. Himmels willen! Was bringt John Bagby hier rein?"

Der Lebensmittelhändler, der unter dem Gewicht einer Eiscreme-Gefriertruhe schwankte und etwas in weißes Papier gewickeltes Zeug trug, kam den Weg herauf.

„Es ist für dich", sagte er und grinste breit. John schielte, also dachte Miss Hazy, er sähe Mrs. Wiggs an, und Mrs. Wiggs dachte, er sähe Miss Hazy an.

Die Karte auf dem Gefrierschrank zerstreute jedoch alle Zweifel: „Fer Mrs. Wiggs zu ihrem 50. Geburtstag, Komplimente von The Naybors."

Unter dem weißen Papier befand sich ein großer, weiß gefrorener Kuchen mit einem „W" in Zimttropfen darauf.

„Woher wussten sie jemals, dass ich Geburtstag hatte?" rief Frau Wiggs entzückt aus. „Na ja, ich hätte es sogar selbst vergessen! Wir werden den Kuchen heute Abend für die Party essen. Irgendwie habe ich nie das Gefühl, dass gute Dinge mir gehören, bis ich sie an jemand anderen weitergebe."

Dies erforderte einen Vorrat an Untertassen und Löffeln, und Freunde wurden erneut aufgefordert, so viele wie möglich bereitzustellen.

Die Wiggses waren ziemlich beschäftigt, bis sie um sieben Uhr anhielten, um ihre Toiletten zu machen.

„Wo ist Europena?" fragte Asien.

Seit einiger Zeit hatte sie niemand mehr gesehen. Bei einer Durchsuchung wurde sie entdeckt, wie sie auf einem Stuhl in einer Ecke des Salons stand und in aller Ruhe die Zimttropfen von der Geburtstagstorte aß. Finger und Mund waren purpurrot und der erste Strich des „W" fehlte. Billy war so empört, dass er auf einer sofortigen Bestrafung bestand.

„Nein, ich werde sie an meinem Geburtstag nicht auspeitschen, Billy. Es tut ihr leid, das sagt sie „W" und „N" stehen für Nancy genauso gut wie „W" für Wiggs!"

Der erste Gast, der eintraf, war Herr Krasmier; er hatte zehn Cent für die Erfrischungen bezahlt und wollte, dass er auf seine Kosten kam. Auch Frau Eichorn kam früher, aber aus einem anderen Grund; Sie war sehr beleibt, und ihre Zufriedenheit für den Abend hing weitgehend von der Größe des Stuhls ab, den sie sich sicherte.

Die Hälfte der Zuschauer war bereits eingetroffen, bevor die Gastgeberin erschien. Ihre Verzögerung war auf den Verlust ihrer falschen Locken zurückzuführen, die sie seit der denkwürdigen Nacht im Opernhaus nicht mehr getragen hatte. Sie waren sehr schwarz und sehr kraus und waren etwa zehn Jahre zuvor zu einem reduzierten Preis von einem reisenden Händler gekauft worden. Mrs. Wiggs hielt sie für absolut notwendig für ihre Toilette bei Staatsanlässen. Daher herrschte Bestürzung, als sie nicht gefunden werden konnten. Schubladen wurden umgekippt und Kartons geleert, jedoch ohne Erfolg.

Als die Hoffnung fast aufgegeben war, stürmte Asia plötzlich zum Schuppen, wo die Kinder ihre Spielsachen aufbewahrten. Als sie zurückkam, präsentierte sie triumphierend eine ramponierte Puppe ohne Arme und Füße, aber mit einem prächtigen krönenden Abschluss aus schwarzem, krausem Haar.

Mrs. Wiggs wartete, bis sich alle Gäste versammelt hatten, bevor sie ihre Dankesrede für den Kuchen und die Sahne hielt. Es war eine sehr schöne Rede, die Herr Bagby zuvor verfasst hatte. Es begann mit „Meine Damen und Herren, es macht mir Freude –", aber bevor Mrs. Wiggs zur Hälfte fertig war, vergaß sie es und musste ihnen auf ihre eigene Art sagen, wie dankbar sie war. Abschließend sagte sie: „Könnte niemand dankbarer sein als ich! Es sieht so aus, als würden mir immer schöne Dinge in den Weg kommen. Ich hoffe, Gott segne euch alle! Die Musiker sind gekommen, also beginnen wir die Party mit." eine Virginer-Rolle.

Die jungen Leute huschten zu ihren Plätzen, und als Mr. Eichorn sich vor Mrs. Wiggs verbeugte, stellte sie sich lachend an den Anfang der Reihe und ging bei den ersten Klängen von „Old Dan Tucker" mit einer Anmut und einem Elan in die Mitte, die im völligen Widerspruch zu dem kleinen roten Fünfziger auf der Geburtstagstorte standen.

„Schwingt eure Pfade, balanciert alles aus, schwingt das Mädchen mit einem Wasserfall. Springt leicht, meine Damen, der Kuchen ist ganz aus Teig, aber passt auf das Wetter auf, damit der Wind nicht weht."

Der alte Onkel Tom war gerade dabei, sich für seine Arbeit aufzuwärmen, und der Spaß wurde wild. Asia, die in ihrem neuen Krepon sehr hübsch aussah, warf Joe Eichorn, der in letzter Zeit „Gesellschaft geleistet" hatte, schüchterne Blicke zu. Billy, für den in der Rolle kein Platz war, ließ seiner Energie in der Ecke freien Lauf, indem er lautstark den „Mobile Buck" aufführte. Australia und Europena saßen mit Chris Hazy am Fenster und klatschten erfreut im Takt der Musik.

Als der Tanz zu Ende war, ging Mrs. Wiggs zur Tür, um sich abzukühlen. Sie war völlig außer Atem und ihre falsche Stirn hatte sich bis über ihre Augenbrauen gebeugt.

„Schau – komm, Ma!" namens Billy.

Als Mrs. Wiggs sah, wer es war, eilte sie zum Tor hinunter.

„Hallo, Mr. Bob; hallo, Miss Lucy! Können Sie nicht gleich rausgehen und reinkommen? Wir veranstalten eine Geburtstagsfeier und einen Benefiztanz für Chris Hazys Bein."

„Nein, danke", sagte Redding und versuchte vergeblich, nicht auf Mrs. Wiggs' Kopf zu schauen. „Wir sind gerade vorbeigekommen, um Ihnen die gute Nachricht zu überbringen."

„Über Asiens Position?" fragte Frau Wiggs eifrig.

„Ja, darüber und noch etwas anderes. Was würden Sie sagen, wenn ich Ihnen sagen würde, dass ich das hübscheste, süßeste und liebste Mädchen der Welt heiraten würde?"

„Na, das ist Miss Lucy!" keuchte Mrs. Wiggs, atemloser als je zuvor. Dann wurde ihr die Wahrheit klar, und sie lachte mit ihnen.

„Oh, klar genug! Klar genug! Ich bin zu Tode erfreut!" Sie musste es ihnen nicht sagen; Ihre Augen strahlten trotz einer teilweisen Sonnenfinsternis vor Freude und Zufriedenheit. „Und so", fügte sie hinzu, „es lag schließlich nicht an der Farbe!"

Als sie weggefahren waren, blieb sie noch einen Moment am Tor stehen. Musik und Gelächter kamen aus dem Haus hinter ihr, als sie lächelnd über den mondbeschienenen Cabbage Patch hinaus stand. Auf ihrem Gesicht spiegelte sich immer noch das Glück der verstorbenen Liebenden wider, so wie der Himmel nach Sonnenuntergang die Rosentöne trägt.

„Und sie werden heiraten", flüsterte sie leise vor sich hin; „Und Billy ist befördert worden, und Asia hat einen Platz bekommen, und Chris wird einen neuen Stift bekommen. Sieht so aus, als würde alles auf der Welt klappen, wenn wir nur lange genug warten!"

www.ingramcontent.com/pod-product-compliance
Lightning Source LLC
LaVergne TN
LVHW091222180726
843490LV00007B/2889